U0555190

蒋吉丽 著

# 妹妹的故事

献给我们的童年

文匯出版社

**图书在版编目(CIP)数据**

妹妹的故事：献给我们的童年 /（美）蒋吉丽著.
—上海：文汇出版社，2016.5
ISBN 978-7-5496-1713-5

Ⅰ.①妹… Ⅱ.①蒋… Ⅲ.①儿童故事—作品集—美国
—现代 Ⅳ.①I712.85

中国版本图书馆 CIP 数据核字(2016)第 051611 号

---

**妹妹的故事——献给我们的童年**

出 版 人：桂国强

作　　者：蒋吉丽
插图绘制：Catherine Huang
封面题字：张米来
责任编辑：张　涛
装帧设计：王　翔

出版发行：**文汇出版社**
上海市威海路 755 号　邮政编码：200041
经　　销：全国新华书店
印刷装订：上海译文印刷厂

版　　次：2016 年 5 月第 1 版
印　　次：2016 年 5 月第 1 次印刷
开　　本：890×1240　1/32
字　　数：130 千
印　　张：7.5

ISBN 978-7-5496-1713-5
定　　价：30.00 元

# 目录

## 夏



## 秋

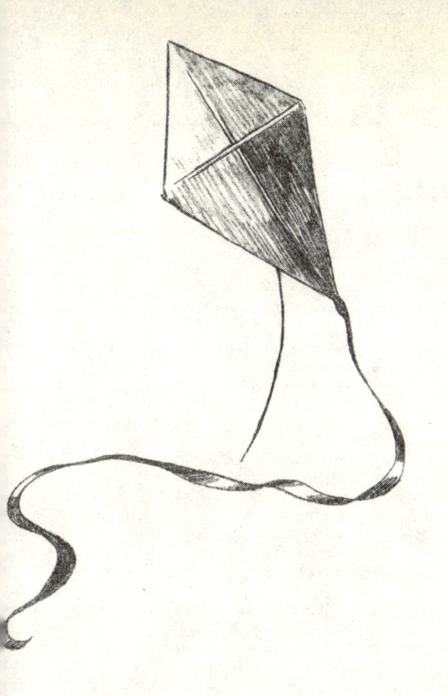



## 冬

# 自 序

这几年，和朋友聊天时，常常会聊起一些儿时的趣事。比如：

怎样偷吃妈妈的“非那根”咳嗽糖浆；

怎样去桥头帮着推三轮车，为了下坡时吊在车后感受疾驰的快感；

夏天的晚上，家里热得没法待，就去弄堂里乘凉听大孩子讲鬼故事。越怕越要听，捂着耳朵哀求，“再说一个！再说一个吧”；

看到叔叔准备结婚用的一麻袋喜糖，吓傻了，失控了。从没有看见过这么多糖啊，“啊——啊——啊”地惊叫着，楼上楼下狂跑。

同学的哥哥装了个12吋的黑白电视机，吸引了那么多邻居。屋里站不下，只能把电视机放到弄堂里让大家看。屏幕上的人头模糊得只有个轮廓，还时时叠影重重。

同学的哥哥把天线转过来转过去地调，弓着腰，满脸大汗……

那时上海的住房紧张，祖孙三代好几口人住一间房，吃饭睡觉做功课织毛衣补衣服包馄饨，真挤啊。所以，好朋友来，大多站在弄堂里说话。

十来岁的孩子，多喜欢聊啊，一聊就聊到天黑。该回家了，再不回家妈妈要骂了。

这个说："我送你回家。"

虽说只是从弄堂底到弄堂口，可是送送就能多聊会儿。到家了，还没聊够。

那个说："我再送你回家。"

来来回回送来送去，心里充满快乐，相信天长地久的友谊……

那时生活清苦，物质贫乏，可是，我们的童年还是有很多快乐；那时的生活也有烦恼，有灾难，可是，我们很淳朴，很善良。

因为怀念这些快乐，这些善良，我就开始写了。写了自己的故事，又写朋友的故事，写着写着，就写了几十篇。

朋友说，我写的东西都是"淡淡的"，要静下心，细细地品，才能尝出其滋味。

是了，这符合我目前的心态。三十年中国，三十年美国，经历了苦难、艰辛、失意、成功……入“六”了，才越来越珍惜那孩童般的纯真，向往淡然和博爱众生的胸怀。

几年前，来自内蒙古呼伦贝尔草原的小男孩乌达木以一曲《梦中的额吉》打动了几百万观众。我也流泪了。

当被问到他的梦想，他说：

“我的梦想是发明一种墨水，把墨水往地上一洒，全世界的土地就会变成绿草。”

愿我们都能做些有“大爱”的梦；

愿我们找回一些旧日的淳朴和善良；

愿我们学会心怀感激，心存平和；

愿我们多一分童心，多几分快乐。

# 引　子

“……父亲让他们每人挑一个梨。孔融的五个哥哥都挑了个大梨，可是轮到孔融，他却挑了一个小梨。”

奶奶坐在窗前的小竹椅上，哥哥趴在她背上，妹妹坐在她腿上，圆滚的身子窝在奶奶怀里，听奶奶念着书。

这是每天的“讲故事”时间。

秋天的下午，被窗框切成一个个长方形的阳光斜斜地洒了一地金色；远处一列火车驶过，传来隐隐的汽笛声，让人有点心神不宁。

奶奶翻了一页，继续念：“爸爸问：‘孔融，你为什么挑个小梨啊？’”

“孔融说：‘我比哥哥小，我应该吃小梨。’”

这时，窝在奶奶怀里的妹妹忽然挺直身子，肉嘟嘟的小手按住奶奶的书，头直摇，大声叫道：“不要不要不要，我要大——梨——”

# 春

# “老六”

妹妹在家里排行老五。

她数着胖嘟嘟的手指，“这是奶奶，这是爸爸，这是妈妈，这是哥哥，”然后，翘起最后那根小拇指说，“最小的是我——妹妹。”

大家都这么告诉她，所以她也这么想。

一直到那天下午。

那天，像往常一样，妹妹从幼儿园下课了。一边大声对老师说“再见再见”，一边一蹦就蹦过了那条半尺高、裹着块黄灿灿铜皮的门槛，兴奋地冲出了幼儿园。

幼儿园围墙外，真是一个好玩的世界。

马路两旁挤着卖小吃的地摊。妹妹看看散发着香气的芝麻大饼，看看蓬松鲜艳的棉花糖，又看看金黄色的油墩子，上面一个大大的虾子，一身透红地蜷着身子……真是诱人极了。

一辆无轨电车慢慢开来，车顶上翘着的“两根辫子”，顺着空中的电线轨道摇摇晃晃。忽然，“咔嚓”一声，“电线辫子”从电线轨道脱落，高高翘到空中，电车猛地刹住。“翘辫子了！翘辫子了！”路边的行人兴奋地大叫。

……

哥哥要离开幼儿园，去上小学了。吃饭时，妈妈问：“妹妹一个人去幼儿园，害怕吗？”

“才不怕呢——”妹妹晃着腿，鼓着一腮帮子的饭，大声说。

其实，妹妹最喜欢一个人去幼儿园了，这样，她就可以去她想去的地方，做她想做的事了。

妹妹来到马路边，刚想念念奶奶教的口诀“先看左，再看右……”，可是两腿已经“噌”地穿过马路，一拐弯儿，钻进了309弄。

309弄是条又长又窄的巷子，曲里拐弯绕好几个弯，像条匍匐的蛇。大小不一的鹅卵石高低不平，还有不同的颜色。妹妹挑选着她喜欢的颜色，从一块卵石跳到另一块上，嘴里“哼哼唧唧”唱着不成调的歌。

拐了一个弯，她看到酱油店里有人在买酱油，便“啊”的一声，欢叫着奔了过去。

酱油店的叔叔左手拿着酱油瓶，右手高高举着那个又细又长的木头勺子，倒出的酱油在空中泄成一条长长的弧线，足有两尺来长（像那些讨厌的男孩子在路边小便一样），准准地飞进插在酱油瓶上的漏斗里。

……

又拐了一个弯，妹妹窜进一个有很多阿姨婆婆挤来挤去的菜市场。

妹妹三钻两钻就钻到一个闹哄哄的队伍前面——哇，今天有活鱼卖。长长瘦瘦的黑鱼在水里游来游去，鱼背上的鳞微微闪着银光。妹妹蹲下，数着它们吐出的气泡，一个两个三个四个……数着数着，数乱了，又重新开始。

这时，她一眼瞄到路边有个小小的白萝卜。她想捡起来，可是不知为什么上去就踢了一脚。白萝卜朝前一滚，妹妹又踢一脚。又滚，又踢，滚着，踢着，直到白萝卜“刺溜”一下钻进一个阴沟洞，不见了。

妹妹呼出口气，很开心。

一抬头，妹妹看到那个垃圾箱。

垃圾箱很高，有一个三角顶，下面的铁皮门经常打开着，里面黑洞洞的，足可以装几个“妹妹”。不知听谁说的，垃圾箱里曾经有过一个“妖怪”，于是孩子们经过这里，都会屏住呼吸，紧张又害怕地从垃圾箱前飞跑过去。

妹妹看到几个孩子正弯腰朝垃圾箱里看，忽然想：

“哎，是不是有妖怪呢？”

这么一想，她的心跳得快极了，她一口气奔到垃圾箱前，刚想问："是不是妖怪？是不是妖怪？"一个男孩回过头，神秘兮兮地说：

"一只小猫哎！"

垃圾箱的门边，有个小黑团在蠕动。

妹妹从没见过这么小的猫，小得像她的拳头一样。

"小猫在这儿干什么？她的妈妈呢？"

妹妹凑近铁皮门跪下，悄悄地问。

"她的妈妈一定死了。"男孩肯定地回答。

"真的？"妹妹的心顿时被小猫搅碎了。

不知是冷还是害怕，小猫的身子直哆嗦。

"小猫一定饿了，我们给它吃点东西吧。"妹妹心疼地说。

孩子们顿时忙乱起来。他们找到半个馒头，小心翼翼地放到小猫面前。

可是，小猫"喵喵"叫了几声，飞快地缩进垃圾箱里。

"哎——小猫——小猫——"妹妹跪着向前爬了两步，把脑袋伸进黑黑的垃圾箱。

……

当奶奶找到妹妹时，斜阳已悄悄退去。妹妹刚从垃圾箱里钻出来，小猫捧在胸前。

她的小手完全黑了，衣服上东一摊西一块沾着不知什么脏，膝盖湿漉漉的，额上拖着条黑印。看到奶奶，她汗淋淋的脸放出光。

“小猫，没有妈妈了。”她激动地叫。

小猫一声声孱弱地叫着。

奶奶在妹妹面前蹲下，从她手里接过小猫。

“奶奶，我要小猫。”妹妹黑黑的小手攥紧奶奶的胳膊。

奶奶抚摸着小猫，没说话。

妹妹急了，摇晃着奶奶的胳膊央求：

“小猫不脏，一点也不脏。我帮小猫洗澡，每天都洗。”

奶奶摇摇头。

妹妹“哇”地哭了。

“我要小猫嘛……我帮它洗澡……我就要……我就要……”

“小猫当然可以洗干净，”奶奶叹了口气，“可是，我们哪有粮食喂小猫呢？”

妹妹停止了啼哭。对呀，吃的食物都要用“票证”来买的，奶奶平时一斤一两地算着吃，连馊饭也不舍得扔掉，烧一烧再吃。小猫来了，吃什么呢？

忽然，妹妹的眼睛一亮：

“奶奶，菜场里有掉下来的白萝卜，还有不要了的菜皮，在筐子里。我去捡我去捡！”

“小猫不吃菜，吃鱼的。”奶奶说。

“那——哦，可以的可以的——”

妹妹拉着奶奶的胳膊直跳，挂在脸颊上的泪珠一闪一闪。

菜场的鱼摊旁，有个婆婆专替买了鱼的人刮鱼鳞，妹妹经常看她刮鱼鳞，成了婆婆的好朋友。

“刮鱼鳞的婆婆可喜欢我了，我去要，她一定会给我的，一定的。”妹妹仰起脸，双手抱紧奶奶的大腿，热切地看着奶奶，“奶奶，我真的真的真的喜欢这只小猫，给我吧?”

奶奶终于心软了。她捧着小猫，笑容满面的妹妹挽着她的胳膊，朝家走去。

从此，家里多了一位成员——比妹妹还小的“老六”。

# 雪花的胡须

谁能想到，被妹妹从垃圾箱里救出的灰不溜秋的“老六”洗了个澡，竟变成一个“白雪公主”——雪白的毛，没有一根杂色。最奇怪的是，它的两只眼睛两种颜色——一个淡蓝色，一个浅棕色。

“我们就叫她‘白糖’吧。”妹妹说。

妹妹可馋白糖了，有次奶奶让她拿着糖票去买半斤白糖，回家的路上，她馋极了，用手指蘸着吃，到家时，纸袋活活少了一个角。在她眼里，白糖不但好吃，而且美丽极了。

“什么‘白糖’，难听死了。”哥哥连连摇头，“叫‘霹雳白’，那样的名字才有威风。”

“白糖。”

“霹雳白。”

“白糖!”

“霹雳白！”

最后，全家投票，决定叫它“雪花”——简单，纯洁，有形又有象。

哦，雪花真小得可怜！

有一天，雪花不见了。大家忙忙乱乱找遍了每个角落，最后在一条毯子里发现了它。原来，它太小了，妈妈一不留神，便把它像块手绢一样折进毯子里了。

雪花成了全家的宝贝。

妈妈找来一只奶瓶，灌上温温的米汤喂它，可是，它的嘴太小，奶嘴塞不进。爸爸找来一个针筒，把米汤慢慢地注进它的小嘴里。

奶奶用旧棉帽替雪花缝了个小床，全家挤在“床”前，看雪花怎么把头枕在前腿上，小鼻子藏在脚掌中，姿势优美地睡觉；看它怎么醒过来，伸展四腿，打个长长的哈欠，把小红舌头都伸出来。

大家抢着替它搔痒，抢着替它洗澡，抢着和它玩，连七十多岁的奶奶也会一圈圈和它玩追尾巴，或者扔出个乒乓球，让它兴奋地摆动几下屁股，一跃而起……

小雪花一天天长大了，长成一个迷死人的小家伙。

它喜欢让妹妹抱在胸前，然后用爪子抓住妹妹的外套，像一只手套那样“挂”在妹妹身上，一晃一晃的，让其他小朋友羡慕得要死。

有时，妹妹去幼儿园，雪花想她了，便用尽力气一步一停地拖来妹妹的拖鞋，然后身子一蜷，睡到鞋里等她……

哥哥是雪花的“体操教练”，对它有宏大的训练计划：倒立直走，前滚翻，后滚翻，伸爪高跳，钻铁圈……甚至扬言要训练它从三楼阳台往下跳。

有一天，哥哥把雪花放进水里，教它游泳。雪花吓得乱叫，拼命扑打四肢。

妹妹连忙把它从水里抢出来。又冷又怕的雪花缩在妹妹怀里，抖个不停，湿漉漉的毛贴在身上，成了个秃毛的小难看！

“不要动，我有办法。”

哥哥跑着拿来妈妈的电吹风，弯下腰，把吹风机直直对准雪花，叫道：

“变戏法喽，秃毛变刺猬——”说罢，一按电钮。

电吹风发出一声轰响，夹带着巨大的热气，把雪花吓得尖叫一声，从妹妹怀里使劲一挣，落荒而逃。

第二天，雪花在哥哥的鞋里尿了摊尿。雪花从来不乱尿尿，这不是报复还能是什么？

奇怪的是，雪花对抽水马桶边墙角里的一个洞特感兴趣。

那个洞圆圆的，比乒乓球大一圈，洞通到墙的夹层，平时被爸爸用一个圆木塞堵起来。

雪花常常静静地蹲在洞边，专心地听着，竖起的耳朵时不时还抖一抖。

“雪花在听什么？”妹妹悄声问奶奶。

“会不会是老鼠呀？”奶奶悄声回答。

妹妹从没见过老鼠，她很想看看老鼠。

她把那个圆木塞挖了出来，可是洞里黑黑的，什么也看不见。妹妹把雪花抱到洞边，看看会不会来一出“猫捉老鼠”的好戏；雪花兴奋地扒住洞口，可是，它只把头在洞边蹭蹭，便缩了回来。

“胆小鬼。”妹妹敲了它一下。

几天后，妹妹和雪花滚在地上玩。雪花的胡须被阳光照得亮晶晶的，好像涂了层荧光粉。

妹妹抱起雪花，看看往下垂的胡须，说：

“你的胡须这么长，好难看呀。”

妹妹对雪花的个人卫生向来讲究。前不久，她看到雪花的牙齿不白，便让哥哥把雪花夹在两腿中，自己掰开它的嘴，把挤满牙膏的牙刷在雪花嘴里搅动。雪花拼命挣扎，一嘴的牙膏沫喷了妹妹和哥哥一脸。

一连几天，雪花都躲在床下，不理妹妹的招呼。没想到，才过了几个星期，妹妹又要整理它了。

妹妹对着雪花的胡须左看看，右看看，用俨然是妈妈的口吻说：

“嗨，你的胡须太长了，不过没关系，我帮你剪剪。”

妹妹找来剪刀，“咔嚓咔嚓”把雪花的胡须给剪短了。

没有了弯弯下垂的胡须，雪花看上去怪怪的，身子也有点站不稳。

妹妹用脸在雪花脸上摩挲了几下，满意地说：

“嗯，这样好漂亮。”

可是，才过了半小时，妹妹听到雪花的哭声——一声连着一声的惨叫，还拖着长长的尾音。

妹妹寻着叫声冲进厕所，看到雪花被卡在墙角的那个洞里，进不去，退不出。

妹妹想把它拉出来，可是，一碰它的身子，雪花便惨叫。再拉，它疼得腿都抖了。

“奶奶——雪花——雪花——”妹妹吓得大哭起来。

奶奶进来一看，二话没说，拿来工具，便“乒乒乓乓”地凿墙上的洞。瓷砖撬下来，石灰零零碎碎洒落一地。

那个洞刚凿开一点，雪花一缩身子，“刺溜”一下，从妹妹手里钻走了。

后来，妹妹才知道，猫的胡须是万万不能剪的。胡须不但帮助猫保持平衡，还是一把“尺子”：每当猫要钻洞时，它们便用胡须量一量，比胡须小的地方，身子是钻不进去的。妹妹剪了雪花的胡须，就是拿走了它丈量的“尺子”，所以雪花才贸然把头钻进洞里，差点把命搭上。

雪花从此对那个洞“敬而远之”，每次走进厕所，只会远远地望望那个洞，便把头转开去。

妹妹心疼地抱起雪花，贴着它的脸，说：

“我再也不会做这么笨的事了。”

当然，妹妹再也没有替任何猫剪过胡须。

# 妹妹的家

三点刚过，妹妹从幼儿园回家了——这可是破天荒的事！妹妹从来都要在回家的路上看东看西，不到太阳下山不收兵。更新鲜的是，妹妹今天不是一个人回家：她带来了三个小朋友。

妹妹“噔噔噔”一口气跑上三楼，三个小朋友也“噔噔噔”一口气跟她上了三楼。

家里没有人。

妹妹带着小朋友直奔厕所。她一步跨到马桶旁，身后的小朋友们已呈扇形围住了马桶。妹妹一个急转身，很权威地说：“看好，我抽了——”

她用力拉了一下马桶的把手，“轰——”马桶里顿时水浪翻滚，还发出很大的响声。

小朋友们吓得后退一步，又不约而同拥上前，互相拉着衣服，伸着头，看着马桶里湍急的水翻滚了一会儿，从漩涡里消失了。

原来，妹妹在幼儿园里说起“轰”一下就能放水的抽水马桶，好几个小朋友都不相信，所以妹妹就带他们来亲眼看一看。

上海的房子，多数都没有抽水马桶，大家都用马桶。马桶是木头做的，形状像个非洲鼓，两头小，中间稍大，上面有个盖子。马桶一般放在屋角，一块布帘把“厕所”和屋子隔开。清晨，摇着铃的粪车来了，大家把马桶拿出去倒了，洗干净，再拎回来用。

对从没见过抽水马桶的小朋友来说，抽水马桶简直太神奇了。

看着他们一脸的折服，妹妹一手叉在腰间，自豪地说：“看见吗？我没骗人！”

“那……我……能尿尿看吗？”一个小女孩怯怯地问。

“当然能。你来试试。”

妹妹把小女孩推到马桶边，帮她拉下裤子。

小女孩很紧张，越想尿，越尿不出，围在她身边的小朋友都开始不耐烦了，她才撒完了一泡尿。于是，一个小男生用力拉了拉马桶把手，“轰——”

头挨着头，他们注视着黄色的液体在轰响中急速转着圈子，再一下子消失了。

妹妹的家真是值得羡慕的家。

其实，妹妹的家很普通，严格点说，妹妹的家挺小。

妹妹家五口人，不，加上新来的小猫，一共六个成员，只有一间房——这间房又是客厅，又是饭厅，又是书房，又是睡房，还是储藏室，所以，大家总会挤来挤去。有时桌子坐满了，妹妹只能挤到沙发上；或者哥哥占着厕所不出来，妹妹憋不住了，大声敲门抗议……

尽管这样，妹妹很喜欢她的家。

妹妹喜欢屋子中间方方正正的红木桌，桌面光滑锃亮，擦干净了，可以照出人影。

妹妹喜欢朝南的那排高大亮堂的落地玻璃窗，引进一屋子阳光，把墙上那些全家福相片照得欢欢乐乐。

照片的左边是几张奖状，有爸爸去学校演出的奖状，有妈妈下乡扫盲的奖状，还有哥哥60米短跑亚军的奖状。可是，妹妹没有奖状，这可太不公平了！被妹妹缠了好几天，爸爸替她画了一个——“滑扶手冠军”奖状。奖状上，妹妹正趴在一个螺旋形的楼梯扶手上往下滑。这是妹妹的拿手好戏，每次下楼，就往扶手上一趴，“刺溜”一下就滑下楼了，连哥哥都没她快。

妹妹还喜欢窗外小小的阳台。夏天的夜晚，全家人挤在阳台上乘凉，爸爸指着北斗星说故事，妈妈摇着芭蕉扇替大家赶蚊子。

妈妈在阳台上种了各种季节的花，天热时，鸡冠花开得又红又浓，像黄昏的一片彩云。冬天花少了，妈妈又种了几株杂交的玫瑰，在严冬中居然还开出黄色的玫瑰。

有一天，天特别冷，妹妹把双手插进棉袄的袖管，还冷得哆嗦。于是，她喝了一杯热水。热水像一股暖流，把她的身子一点一点变暖了。妹妹看着阳台上的黄玫瑰，忽然想，“黄玫瑰一定和我一样冷吧？”她赶紧倒了一杯滚烫的热水，浇在黄玫瑰的根上……

黄玫瑰死了，妹妹大哭一场。

家里还有一样东西，是妹妹最最喜欢的。

爸爸是个演员，晚上演戏的日子，下午必须睡个午觉，养好精神。可是，五个人一间屋，一会儿，哥哥“噔噔噔”跑进来，玻璃窗震得“哗哗”响，一会儿奶奶手里的菜刀一滑，“哐啷”一声掉在地上，再不就是妹妹和小猫玩着玩着，忽然“咯咯咯”大笑起来……

妈妈爸爸想来想去，就建了一个“鲁滨孙床”。

这个“鲁滨孙床”呢，就是在一个木头床架里穿上横横竖竖的棕绳（像网球拍那样），然后搁在浴缸上。不睡觉时，掀起来靠在墙上，用个小钩子钩住，浴缸还可以洗澡；睡觉时放下，铺上被褥，就是一个床。

这样，爸爸终于可以在“Más a Tierra”岛上安静地睡个好觉了。

妹妹可喜欢“鲁滨孙床”了。她常常站在床中间，假装站在摇晃的船上，把身子左右摇晃，边叫道："开船喽！开船喽！"或者，她把被子、枕头堆成"古堡"，躲在里面扮演"白雪公主"。有时，她搂着奶奶在上面睡午觉。奶奶轻轻拍着她的屁股，拍着拍着，就打起细细的呼声。窗外电线杆上的小鸟在欢乐地鸣叫……

有一年夏天，市里有了新规定：城市里不许养鸡鸭，因为鸡鸭容易传染疾病。

妹妹有只心爱的母鸡叫"跳跳"。

那天，里弄干部洪妈妈来检查。妹妹看到洪妈妈进了一楼，吓慌了。家里就她一个人，怎么办？

她把母鸡抱出鸡窝，屋里屋外团团转，却找不到一个藏身的地方。忽然，她眼睛一亮，直奔"鲁滨孙床"。

她把跳跳放进浴缸，放下床绷，自己拉了条毯子在上面躺下。

洪妈妈一边叫一边进了屋："奶奶？奶奶在吗？"

没人回答，洪妈妈径自走去阳台查鸡窝。

妹妹偷笑：哈哈，鸡窝是空的！

就在这时，母鸡在浴缸里叫了一声。

妹妹吓得一个翻身扑在床上。

浴缸里黑乎乎的，母鸡大概对这样无理的关禁闭很生气，它开始大叫：

"咯咯哒——咯咯哒——"

“不要叫，不要叫呀！”妹妹绝望地对着浴缸小声叫。

“咯咯哒——咯咯哒——”

妹妹吓得闭上眼睛。忽然，她跳起来，冲到马桶旁，使劲拉了下把手。

“轰——”马桶发出很大的响声，水轰隆隆地旋转着滚进下水道。

空了的水箱在“淅沥沥”地注水，妹妹紧张地等着，水还没完全注满，她又使劲拉了把手。

妹妹一次又一次拉着马桶把手，让持续不断的轰鸣声盖住了母鸡的叫声……

窗外，小鸟不时在欢快地唱歌。

# 铁弹子

哥哥拿着弹子，用一只没闭上的眼瞄准着地下的目标；妹妹挨在他身边蹲下，嘴里鼓鼓的。

“你在吃什么？”

哥哥没有抬头，问道。

妹妹很高兴哥哥注意到了。她侧过头，从嘴里挖出一颗大大的透明玻璃弹子，弹子中间嵌着一个五彩的星星。

“我用十二张糖纸换来的，”妹妹得意地把玻璃弹子在哥哥眼前转了转，“含化了，我就可以吃到那颗五彩星星，可甜可甜哪。”

“哈哈哈哈——”

哥哥睁开双眼，笑得滚在地上。

“太傻了吧，你！那是颗玻璃弹子，含一百年也不会化的。”

“就会化！就会化！”

妹妹圆圆的小脸涨红了，忽地一下站起，气愤地说。

“我从下课含到现在，已经小了。本来这么大。”她用双手圈个核桃状。

这下哥哥有点吃不准了。他起身，睨了一眼那颗挺诱人的弹子，说：

“给我，我一舔就知道啦。”

妹妹别过身子。

“才不给你舔！就不给！”

她把弹子塞进嘴里，一甩头，竟然走了。伸着手的哥哥，愣住了。

哥哥比妹妹大两岁，是妹妹的“小队长”，也是妹妹的“死党”。

有一次哥哥在幼儿园犯错误了，有意把水浇在小朋友身上，老师把哥哥留下来谈话。为了保护哥哥，妹妹却对奶奶说：

“哥哥今天留在幼儿园帮老师打扫卫生。”

哥哥不守纪律，是主犯；妹妹替他说谎，属从犯，两人一块儿罚站。

哥哥说要发明一种煤饼，一点就燃，让奶奶生炉子很容易。他让妹妹帮他找碎纸，塞到煤饼的孔孔里。

妹妹卖力地翻遍了所有的抽屉，连爸爸的笔记也撕碎了拿来做原料。

……

这个颠颠地跟在他屁股后面的“小丫头”，现在居然说“才不给你舔”?！哥哥两手塞进裤兜，觉得真没面子。

想了一会儿，他从裤兜里摸出一颗铁弹子，黑黑的，沉沉的。

看着妹妹的眼睛，他把铁弹子放进嘴里，含糊不清地说：

“谁稀罕你的？我也有。”

妹妹把脸转开。

哥哥在妹妹面前跳来跳去，摆出各种好笑的姿势，铁弹子一会儿从左腮帮子鼓出来，一会儿又从右腮帮子鼓出来。

忽然，哥哥短促地“呃”了一声，不动了，舞到一半的手脚停在空中，像机器人一样。

“没……没了……”

他看着妹妹说，声音都嘶哑了。

“怎么啦?”

妹妹被哥哥的神情吓着了。

“弹子咽下去了……”

哥哥的脸发白，人晃了晃。

“啊？那铁弹子?”

妹妹吓得差点把嘴里那颗有彩色星星的玻璃弹子喷出来。她焦急地摸摸哥哥的喉咙，又顺着喉咙摸到食道，再摸到胃，看能不能找到那玩意儿。

“快咳嗽！你一咳嗽，它就出来了！”

妹妹指挥着哥哥，先让他头朝下咳嗽，接着让他躺在地上，妹妹费力地把他的脚倒提起来，希望那颗沉沉的铁弹子会从嘴里滚出来。

没有铁弹子。

妹妹给哥哥拿来一大杯水，让他“咕嘟咕嘟”喝下。然后让他坐上痰盂，看看可恶的铁弹子会不会从另一头出来。

也没有。

妹妹像个勇敢的指挥官，把吓得六神无主的哥哥摆布来摆布去。

奶奶买菜回来时，妹妹正跨坐在哥哥身上，拼命地拍打他的肚子。一看到奶奶，这个勇敢的指挥官竟然“哇”的一声大哭起来。她扑到奶奶怀里，语无伦次地号啕：

“彩色星星……在我嘴里……哥哥吃铁弹子……要死了……很重很重的铁弹子……快救救他……”

不知是因为自己是这事的罪魁祸首，还是怕“死党”死了，她再没人玩了，妹妹成串成串的眼泪把奶奶吓了一跳。

铁弹子的风波持续了好多天。

虽然医生说“哥哥不会死”，可是，“密切观察大便”也够让人提心吊胆的。

回家后，遵照医生的嘱咐，哥哥喝下一大杯放了很多麻油的糖水。（天哪，喷香喷香的麻油馋得妹妹口水都出来了。）一小时后，坐上痰盂大便。然后，奶奶再在臭烘烘的大便里寻找那颗可恶的铁弹子。

第一天，没有铁弹子。

第二天，也没有铁弹子。

以后的两个星期，哥哥每天都喝下一大杯麻油糖水，再坐上痰盂“生产”铁弹子。妹妹好想好想问哥哥要一口喝，可是想到是自己的彩色玻璃弹子闯的祸（妹妹现在也承认那颗包着彩色星星的弹子是永远含不化的），她实在不好意思要了。她咽下口水，把那欲望一块儿使劲咽下了。

整整两个星期，妹妹小心地伴在哥哥身边，看奶奶在那个痰盂里找来找去。

“可能铁弹子已经拉出来，我们没看到？”奶奶自言自语地说。

又吃了一阵，奶奶便不再给哥哥喝麻油糖水了，哥哥也不再坐痰盂了。

直到今天，也没人知道那颗神秘的铁弹子到底在哪儿。

# 搪瓷杯里的“好东西”

妈妈下班了。

妹妹从扶梯上飞快地滑下来，一头扑进妈妈怀里。

“妈妈，我想你想得肚子都瘪进去了。”

妈妈笑着亲了亲妹妹的头发，

“啊哟，我的宝贝变成个小瘪蛋，妈妈可要伤心死了。看看看看，妈妈带什么来了？”

妈妈打开手里的网线袋，拿出一个大大的搪瓷杯。

黄色的搪瓷杯上印的红花已经退了色，杯底曾经漏了，用融化了的锡补过，留下个五分硬币大小的“补丁”。

“啊，妈妈带‘好东西’来了？”

妹妹惊喜地一个转身，边往楼上跑，边大叫着：

“哥哥，妈妈带‘好东西’来了——”

妈妈公司旁边有个水果店，每天关门前，水果店挑出有点烂的水果，把烂的地方剜去，然后很便宜地卖掉。这就是妈妈带回家的“好东西”——带着“标点符号”的水果：那些剜去的地方有的像个逗号，有的像句号，还有的像感叹号。

妹妹问：“妈妈为什么买‘标点符号’的水果呢？”

妈妈说：“因为便宜啊，家里的钱都是有‘预算’的，每一分钱都要算好了花，否则就不够了。”

“不够就怎样呢？”

“不够，妹妹就不能吃点心了，过年也不能穿新衣服了呀。”

妹妹飞快地摇着头：“妹妹要吃点心，也要穿新衣服。”

妹妹学会“预算”这个词是从奶奶的“聚宝盆”开始的。

奶奶有个收音机大小的盒子，盒子里有一格一格的小抽屉，每个小抽屉上有个很小的拉手。

这个盒子是奶奶的“聚宝盆”。

每个小抽屉里都放着钱，小抽屉上写着那笔钱的用途，比如“买菜”啊，“水电费”啊，“交通费”啊。每天晚上，奶奶坐在写字台前，对着账簿一笔一笔地加呀减呀，再把小抽屉拉进拉出，数着里面的钱。

妹妹知道：奶奶在“预算”呢，看看每个小抽屉里的钱是不是能用到发工资的那天。

有一次，奶奶在菜场里丢了钱包。奶奶急坏了，马上带着妹妹回到菜场，一个菜摊一个菜摊仔仔细细地找。

“里面有四块三毛钱，四块三毛。”她一边找，一边喃喃了好几遍。

菜场里没有，她还不肯回家，站在菜场的出口处，等到很晚，看看会不会有人拾到，交到管门儿的这儿来。

少了四块三毛钱，奶奶只得重新“预算”了：

妈妈不买水果了，原来准备买两块新毛巾也作罢了，最让妹妹失望的是，她和哥哥每天下午三分钱的点心也取消了。

所以，妹妹宁可吃有“标点符号”的水果，也不喜欢“钱不够”。

一吃完晚饭，妹妹急急忙忙把碗筷拿去水池，然后爬回自己的椅子。

“奶奶，吃‘好东西’吧！快吃‘好东西’吧！”

奶奶拿出重新用盐水洗过的苹果，放在一个盘子里。爸爸去巡回演出，家里只有四个人，盘里正好是四个苹果。

妈妈挑出一个最大的苹果。

“我来分我来分。”妹妹嚷着，从椅子上爬下来。

妹妹知道，“好东西要先给年长的”，就像孔融让梨的故事那样。

她把最大的苹果放到奶奶面前。

“奶奶，你今天的苹果上有两个‘句号’哎。”妹妹指着苹果上两个连着的小圆点，很懂行地说。

“哈哈，什么两个‘句号’？这叫‘冒号’，这个也不懂！”哥哥白了妹妹一眼。

“冒号？”妹妹想了一下，“哦，冒号冒号冒号冒号……”

妹妹把第二大的苹果给了妈妈，然后是哥哥，剩下的一个，也是最小的一个，是自己的。

她拿起苹果，狠狠地咬了一口。她咬得那么用力，额上的刘海都跳了跳。

苹果很甜，有很多汁。哪怕吃上有“标点符号”的水果，也是多开心的事啊。妹妹用手背抹了一下流到嘴角的汁水，满足地晃着脑袋，蹦跳着去和雪花玩了。

第二天，又是吃“好东西”的时候。

今天，哥哥分苹果。他给奶奶一个最大的苹果。

又给了妈妈第二大的。

“看，”，妹妹指着妈妈的苹果说，“妈妈，今天你的苹果上也有一个……唔……‘冒号’呢。”

真的！妈妈这个苹果上也有两个洞洞，看上去像个“冒号”，和昨天奶奶的那个好像一模一样。

“是吗？”妈妈有点吃惊的样子。“真的哎，那倒是很巧的事嘛。”

多年以后，妹妹才知道，原来妈妈有“冒号”的苹果，和奶奶有“冒号”的苹果是同一个苹果。

即便是已经很便宜的有“标点符号”的水果，经常买五个也是一笔不小的开支。所以，大人们就把水果省下，让孩子们吃。但是，爸爸妈妈认为，如果孩子们觉得大人不吃是“理所当然”的，那就养成了他们自私的坏习惯。所以，奶奶或妈妈拿到水果后，趁孩子们没看到，偷偷地藏回碗橱，留到第二天吃。

在妹妹的记忆里，那些有“标点符号”的水果，是妹妹吃到过最甜的水果。

# 幼儿园的一天

妹妹躺在垫子上，使劲闭着眼。

幼儿园的午睡时间就是这么静，刚才还吵吵闹闹吃着饭的小朋友们倒在垫子上，不一会儿就都不做声了。偶尔，一个小朋友"啪嗒"咂一下嘴，或是翻个身。可是，妹妹却从左翻到右，又从右翻到左，毛巾被拉上拉下，怎么也睡不着。

"咻——"妹妹听到刘老师轻轻吮茶的声音，打了一个激灵，忽然很想小便。（不知为什么，妹妹一听到刘老师吮茶的"咻"的声音，便会要小便。）她正想爬起来上厕所，屁股被谁踢了一下。

妹妹回头一看，是睡在旁边的小米，正从被子里偷偷地朝她笑着。

小米是妹妹最好的朋友，从一岁时起，她们就认识了。

那一天妈妈和小米妈妈在弄堂里说着话，妹妹手里拿着一块面包，小米一伸手，便抢了过去。才一岁的妹妹，没有哭也没有叫，她敏捷地把面包从小米手里抢回来，一秒钟也没迟疑，马上塞进嘴里。

看到妹妹鼓鼓的嘴巴，小米倒“哇”的大哭起来。

后来她们一同进了托儿所。小米的妈妈是托儿所的阿姨。

托儿所里没有电扇，天热时，阿姨们就做了一排大纸板，从屋顶挂下来。午睡时，地上睡满了小朋友，阿姨轻轻地拉着绳子，大纸板便前后晃荡着，带来微微的凉风。

那天，妹妹醒了，看到小米妈妈正在拉着绳子。

两岁的她歪歪斜斜地爬了过去。

“阿姨，我要拉。”她瞪着大眼睛说。

“你拉不动的。”阿姨说。

这时，小米也悄悄爬了过来。

“妈妈，我也要拉。”

小米妈妈拗不过她们，便把她俩抱在自己的腿上，和她们一起拉起那个大“风扇”。

再以后，妹妹和小米就成了好朋友。她们一块儿蹦蹦跳跳地进进出出，一块儿跳橡皮筋，一块儿“过家家”，还扮成医生和病人，在屁股上互相“打针”。

小米的爸爸在远洋轮上工作，出海的日子，妈妈得上班，小米便住到外婆家。小米不在的日子，妹妹可想她了，有时还把奶奶做的馒头省下来留给她吃。可是现在——呀，妹妹瞪了她一眼，一翻身，把屁股留给了她。

这是怎么了？

原来，今天早上，刘老师检查小朋友们有没有蛔虫。大家围着老师把手伸出来，让刘老师仔细地看着指甲。如果指甲上有些白点，老师再检查两腮的皮肤；如果皮肤上有脱着皮的小圆圈，这个小朋友就是有蛔虫。

小米也是其中之一。

刘老师打开抽屉，在每个有蛔虫的小朋友手里放了四颗药。

“这是打蛔虫的药。有蛔虫的小朋友每天来老师这里拿四颗，早上吃两颗，中午吃两颗，不要忘了。”

妹妹一看到打虫药，“啊”了一声。那么漂亮的打虫药啊！粉红色，上面尖尖，下面圆圆，宝塔一样的形状，包装纸上还有一条条高低相间的立体花纹，看上去比那个奶油的大白兔糖还好吃。

“老师，我也要我也要！”妹妹着急地高举双手摇晃着。

刘老师“扑哧”一声笑了，摇着头说：“这是药啊。”

“可我喜欢吃这个药呀。”

“你没有虫，怎么好吃药呢？”刘老师拍拍妹妹的头，把宝塔形的粉红色打虫药放回抽屉，上了锁。

妹妹不开心地蹭着墙，脑子里全是那颗宝塔形的糖。小米拿着一颗剥开的打虫药，兴致勃勃地走过来，把糖举到妹妹眼前，说：

“粉红色的，好看吗？”

“不好看不好看。”本来已经生气的妹妹把头转开。

“不好看？那你不要吃了？”

妹妹“刷”地回过头——当然啦，小米是她最好的朋友，小米会把自己的糖给她。

哪知小米只是逗逗她。她把粉红色的糖放进自己嘴里，学着刘老师的口气说：“没有虫，怎么好吃药呢？”一边说，一边还学刘老师的样，重重地摇了两下头。

“不理你了。”妹妹对小米说完，拔腿就走。

所以，从早上起，她还没和小米说过话。她决定现在也不理她。

妹妹面朝墙，心里好委屈。

没有蛔虫，为什么就不能吃这个打虫药呢？可是，我多么想吃这个粉红色、宝塔形的药啊！

忽然，她想起老师说过，有蛔虫的孩子经常会肚子疼。她有主意了。

她把毛巾毯子捂在肚子上，开始呻吟起来。

“哎哟……哎哟……”

叫了几声，她想起她正对着墙，刘老师大概听不见。于是，她翻了个身，面向刘老师。

“哎哟……哎哟……”

果然，刘老师放下书和茶杯，跑了过来。

“怎么了？哪里不舒服？”老师用手摸摸妹妹的额头。

“肚子痛……”妹妹紧闭着双眼，好像很虚弱地说。

“什么时候开始的？”

“嗯……嗯……刚才……”

刘老师匆匆走出去，又带着卫生室的王老师一起回来。

王老师用手指在妹妹的腹部按来按去，“痛得厉害吗？”

“厉害……”

刘老师轻声问王老师：“会不会是盲肠炎？”

妹妹一下睁开了眼，“盲肠炎是什么？不是蛔虫吗？”

看到妹妹刚才还那么痛苦的表情和声音荡然无存，王老师半张着嘴。刘老师却已猜出个大概，拉起王老师走了出去。

放学了，妹妹独自走出幼儿园。

马路上还是那么热闹，无轨电车翘着两根辫子慢慢开过，地摊上的小吃飘着香味，可是，妹妹却一点也没觉得好玩。

今天真倒霉，好看的打虫药没吃到，被刘老师批评了，还和小米吵了架。

她无精打采地沿着路边走着，忽然，她的小辫子被人拉了拉。

“我在厕所外面等你好久呢。”小米喘着气说，她好像跑着过来的。

“谁要你等？”妹妹转身，依然往前走。

“没吃到宝塔糖，气死了吧？”

“我才不要吃那个打虫药呢。我家里有……有大白兔糖。”

大白兔糖是每个孩子的所爱，虽然妹妹知道家里没有，但她说得那么真切，嘴里好像真有了大白兔糖浓浓的奶油味。

小米咯咯地笑了，一边把手从口袋里拿出来。她打开手掌——里面竟是一颗大白兔糖，上面那个胖胖的白兔傻傻地蹲着，一对耳朵翘得高高的。

“我爸爸带回来的，早上就想给你，可是你一直不理我。”

妹妹心里忽然甜了。

“真的……给我？”

“真的。你也给我吃东西的呀！”

小米把糖放进妹妹手里。妹妹和小米对看着，一起笑了。

她们俩胳膊挽住胳膊，跳跳蹦蹦地朝家走去。

## 捉迷藏的风波

“看，就是那儿——”

孩子们停住脚，顺着阿明的手指看去：

铁丝网里面，是工厂堆半成品的地方。好多个比妹妹还高的白色搪瓷桶、长长的钢管和各种铁铸模子，堆得像小山一样高，看上去确实像阿明说的，是“比弄堂不知好玩多少倍”的地方。

“可是……”

没等妹妹说出“铁丝网”三个字，阿明挥挥手，让妹妹、小米、荣荣和其他小朋友跟着他，顺着铁丝网，拐过墙角，一直来到一丛灌木旁。阿明快手快脚地扒开矮矮的灌木，指着铁丝网上的一个洞，得意地看着他的伙伴们：

“找一个口子爬进去，小菜一碟的事。”

阿明是弄堂里的“皮大王”，花样多，也最会闯祸，不过他和妹妹却挺合得来。

里弄街区没有篮球场，没有游戏房，连滑梯荡秋千的绿地也没有，于是，孩子们就在弄堂里疯来疯去地找东西玩。比如，男孩子打弹子（用手里的玻璃弹子去击中对方的弹子），女孩子跳橡皮筋。

男女孩子也一起玩"踩影子"。他们互相追逐踩对方的影子，边踩边叫："胖子，瘦子，穿裤子，戴帽子，踩到你的黑影子。"

还有捅蚂蚁窝。找到一个蚂蚁窝，他们便把水灌进去。小人儿们头挤头趴了一地，屏住呼吸，一看蚂蚁们惊慌失措地逃出来，大家就抢着用烂泥或石子给逃亡的蚂蚁制造各种"路障"。

在各种游戏中，最难的是"斗鸡"。每人各自用双手拉住自己的一个脚踝，把腿弯成三角形，然后单脚跳着行进。接近对方时，互相用那个悬空的膝盖和对方撞击，把对方撞倒为胜。

这个游戏一般男孩子玩，可妹妹偏喜欢和男孩子一块儿玩。虽然个头小，可她有股"不怕死"的气势。像个小蚂蚱，她一蹦一蹦单脚跳到对方跟前，然后又"蹦"一下跳到空中，从上往下，把她的膝盖压在对方腿上，让"敌人"出局。

妹妹的勇敢和喜欢冒险，在弄堂里是出了名的。

现在，妹妹环视了一下那么好玩的工地，已经有了主意：

“这里像个迷宫，我们来捉迷藏吧！”

毕竟，弄堂里只有浅浅的门洞，从来就没有真正可以藏人的地方。

“这里地方大，闭上眼的人要数到五十。还有，听好了，听好了——”阿明用手卷成个喇叭叫着：“输的人，装狗叫，还要在地上爬三圈！”

小米蒙着眼，大声数着：“一——二——三——四——五——”

妹妹敏捷地爬到一堆铁管后面蹲下，想了想，觉得不够隐蔽，又跳起来往别处跑。

“二十——二十一——二十二——”

妹妹飞跑到场地另一边，看到好多窄窄的、很深的搪瓷桶横七竖八地摞在一起，像个小山坡。她顺着那些桶越爬越高，转来转去，却找不到一个理想的藏身处。

“三十五——三十六——三十七——”

妹妹的手心直冒汗，没时间了！

她看到一个斜成45度的桶。“哎，这个倒蛮不错——”一边想，一边已爬上桶边，侧着身把脚举进去，又扭了扭身子，便顺着桶边滑了进去。

桶里暗暗的，桶壁有点凉。妹妹靠着斜斜的桶壁，听到小米的喊叫声断断续续，若隐若现。她得意极了：这个

地方太棒了！这么深的桶，又藏在这么多桶子中间，小米无论如何也找不到我的。

她高兴地张开双臂，想贴着光滑的桶壁做一个惊险动作，就像电影里那样，可一下子就从斜壁上滑下来；她躺下，想学电影里那样滚几滚，可是，一滚出去又滑了回来。

于是，她无聊地在壁上滑来滑去，然后又开始在原地转圈。她想，转五十圈，如果小米再不来，我就出去。可是转着转着头晕了，忘了数了……

不知过了多久，她忽然发现外面的人声叫声都没有了。

“咦，人呢?”

妹妹想探出头看看，可是桶那么高，她踮起脚也够不到桶口。

“哎呀，他们会不会自己回家了呢?”

她被这个念头吓了一跳，决定马上爬出去。可是，45度的桶滑进来容易，爬出去可太难了。她一次次往上爬，又一次次滑回来。

她大叫：“哎——我在这里——”

可她的声音太轻了，一下就被繁忙的汽车喇叭声淹没了。

妹妹使劲敲打桶壁，可搪瓷桶和铁桶不一样，怎么敲也敲不响。

妹妹害怕极了：没有人知道她在这儿，她就永远出不去了，永远回不了家，永远见不到爸爸妈妈奶奶哥哥，还有宋婆婆，还有雪花，她就会死掉了……

她号啕大哭起来。

不知哭了多久，桶口的光线越来越暗，后来就变黑了。又饿又怕的妹妹哭得精疲力竭，哭着哭着就蜷缩着身子睡着了。

睡梦中，她好像听到人声。她跳起来，看到窄小的桶口似乎有晃来晃去的光。

"救命——救命啊——"

她声嘶力竭地叫着。晚上没有过往的车辆，她的叫声在黑夜里居然挺响的。

妹妹拼命叫着，还脱下鞋子，试着从桶口甩出去。

人声和手电光渐渐近了——妹妹不敢相信自己的眼睛，她在桶口看到了爸爸的脸！

原来，妹妹的小伙伴找不到她，也吓坏了，赶忙回去报告了大人。捉迷藏的风波把整条弄堂都掀翻了，那么多的邻居——有孩子的和没有孩子的——都急坏了。他们带上手电，叫着妹妹的名字，顺着下午孩子们去过的地方一处一处找。

妹妹被大家七手八脚地从桶里拉出来，邻居们的欢叫把工地都快震翻了。妈妈一把拉过她，把她紧紧搂进怀里。

妹妹听到邻居们你一言我一语的声音，她从妈妈的手臂里往外看，哇，那么多那么多的邻居！她赶紧把头钻回妈妈的怀里，压着嗓子叫：

“妈妈，我要小便——”

# 三　毛

妹妹从幼儿园放学的路上，看到一只鸭子，摇摆着大大的屁股，可好玩了。妹妹跟着鸭子走了一会儿，又看到煤球店正在卸煤，卸下的煤堆成一座小山，她赶忙奔过去，又看了会儿，总算在太阳落山前进了弄堂。

妹妹住的弄堂像棵大树，主弄堂是大树的树干，又粗又大，一通到底；两旁的支弄像树上的枝干，细细窄窄，上面还挂着片片叶子，那就是一个个门洞。

弄堂是妹妹和小朋友们大声叫喊、狂奔、尽情尽兴游戏的地方——藏在门洞里捉迷藏啦，甩出各种花样的跳长绳啦，和男孩子们一起踢小皮球，或者疯疯癫癫地“好人抓坏人”……孩子们来来回回地奔跑，直到小便憋不住为止。

妹妹蹦蹦跳跳地进了弄堂，又蹦蹦跳跳地经过一条条支弄，快蹦到最后那条支弄时，远远就听到伙伴们的欢笑声。

妹妹飞跑进后弄，迎面撞见一群孩子，他们大声嬉笑着，一边跑一边把一只鞋子扔来扔去。一个女孩追着他们，她的一条裤腿太长，拖在地上，又脏又破。

妹妹认出那个女孩，她叫“三毛”。

三毛住在马路对面的弄堂里，是个智障儿，走起路来身子一上一下摇得厉害，一只手老放在嘴里，口水像条线似的挂着，把胸前的衣服弄湿了一片。平时三毛被关在家里，偶尔外婆没注意，她便溜出来，四处乱跑。

“三——毛！三——毛！”

孩子们起哄着，把她的鞋像皮球那样，从一个人手里扔到另一个人手里。

妹妹看到哥哥也在队伍里，便毫不犹豫地跳了进去，跟着大家抢起鞋子来。

鞋子从高高的空中落下，阿明和另一个孩子同时跳起来抢到了，拉来拉去，谁也不肯松手，再用力一拉，“啪”，鞋襻掉了下来。

三毛“哇”地哭了。

“鞋子——鞋子——”

她“扑通”一下坐在地上，没有鞋的双脚在地上乱蹬。

三毛的眼泪乱七八糟地流着，把披散在脸上的头发粘住了。妹妹的心抖了一下，忽然觉得有点对不起她。其他孩子也怔怔地看着大哭的三毛，不知如何是好。

“你，你，你们在干什么呢?!”

一个异常严厉的声音把大家吓了一跳，回头一看，竟是奶奶。

奶奶的脸铁青，臂上挂着的菜篮微微颤抖着。

奶奶在弄堂里很受尊敬，不论大人小孩都称她“好好奶奶”。奶奶曾经是个老师，虽然退休了多年，以前的学生见了她，还会鞠个躬，叫她一声“曹老师”。

奶奶脸上永远是笑眯眯的，永远不和任何人吵架，见到小孩子，爱怜地摸摸他们的头，带着天津口音和他们讲话。

那么慈祥的“好好奶奶”现在气得发抖，大家都被吓住了。

奶奶快步走到阿明面前，伸出手。阿明乖乖地把鞋子给了奶奶。

“你们欺负弱者！可耻不可耻?”奶奶很凶地说。

小朋友们一声也不敢吭。

奶奶把三毛从地上搀起来，拉着她转身向家里走去。

一路上，奶奶一句话也没说，她的眉头拧在一起，脸气得红红的。

妹妹知道，奶奶真生气了。

到了家，一看奶奶要替三毛清洗，妹妹赶紧跑去拿来毛巾，哥哥跑去拿来脚盆。洗完后，奶奶替三毛把头发扎成一个短短的马尾巴，又给她一块饼，便坐到桌旁，替三毛把扯下的鞋襻缝回去。

三毛咬了一口饼，朝妹妹笑了。

妹妹忽然感到很难为情，因为自己也把三毛的鞋扔来扔去，把她惹哭了。

妹妹跑到写字台前，从自己的小抽屉里拿出一个小木盒，打开给三毛看。

"呵——"三毛的嘴张大了。

木盒里，一张张漂亮的糖纸被妹妹熨压得平整又干净，有的糖纸是蹦跳的小白兔，有的是穿着长褶裙的白雪公主，有四季花草，还有颜色鲜艳的图案……各种各样，好看极了。

三毛拿起一张有两只可爱的小白兔的糖纸，高兴地摇晃着头，淌下一大坨口水。

三毛要把糖纸拿回家吗？妹妹吓了一跳。这是妹妹最心爱的糖纸收藏，她只是想给三毛看看，可没有准备送给她呀！

妹妹想收回糖纸，可是三毛会不会又大哭大闹呢？妹妹纠结极了，不知该怎么做。看到三毛开心地晃着双腿，一会儿把糖纸放在眼睛上，一会儿用另一只手盖住它……妹妹知道只能忍痛割爱了。

“这张糖纸送给你吧，不过，可不要撕坏了。”

妹妹找来一张旧报纸，把糖纸小心地夹在里面，递给了三毛。

奶奶把缝好的鞋子拿到三毛跟前，艰难地蹲下，替三毛把鞋穿上。奶奶仰起脸时，眼里竟然充满了泪水，鼻尖也红了。

妹妹靠到奶奶背上，轻轻问：“奶奶的关节又疼了吗?”

奶奶拉拉三毛皱起的裤腿，轻轻说：

“三毛被人欺负，她的爸爸妈妈知道了一定很难过。每个孩子都是大人的宝贝，如果你们被欺负了，我会心疼死了。”

妹妹觉得很对不起三毛，她今天也欺负了三毛，真“可耻”了。

她把头抵在奶奶背上，轻轻地说：“奶奶，我把糖纸送给她了。”

哥哥连忙说：“我们再也不欺负她了。”

奶奶站起身，拍拍两个孩子的脸颊。

“奶奶知道你们不会了。你们是好孩子。”

远处，隐隐的火车汽笛声飘来又飘去。

这条规定后来写进家里的“家庭守则”：“不欺负比你弱的人。”

## 狗子哥哥

妈妈去农村出差了一个月，回来的时候，弄堂里的白玉兰已经开了，大朵大朵的玉兰花从各家的院子里伸出头，把空气浸润得甜滋滋的。

看见从门外进来的妈妈，妹妹竟有点陌生；她拉住奶奶的后襟，躲在她身后。

“妹妹，看妈妈给你带来了什么？一个——小哥哥！”

妈妈从身后拉出一个男孩——脸很黑，两颊却特别红，一双眼睛黑亮黑亮。他拘谨地抱着一个竹篓，惊慌地盯着自己的双脚。

“这是我房东的儿子，狗子。”妈妈疼爱地捋捋狗子的大头，把他推到妹妹跟前，弯腰凑着他的耳朵说：“快给妹妹看你带来的礼物。”

狗子仍低着头，慢慢把手中的竹篓打开。

“啊呀——小鸡哎——”妹妹尖叫着跳起来。

小鸡们被她吓得一阵乱飞乱跳。

这个狗子哥哥可好玩了。

妹妹带他去阳台看新种的月季花。他看着光亮的地板和上面漂亮的木纹，小心地佝偻着腰，趴开腿，一寸一寸往前移。

“狗子哥哥，快来呀！”

“我会不会……把它踩碎啊？”他紧张地问。

“踩碎？这是地板啊！”妹妹用力往地板上跺了几脚。

“你们的地……板怎么没有烂泥呢？”

狗子哥哥去解手，在厕所里待了好久好久不出来。

门开了，他涨红着脸，指着抽水马桶结结巴巴地说：“那个……那个东西……不干活……”

妹妹捂住鼻子，一拉马桶的把手，“轰——”水把脏污冲走了。

狗子吓得跳起来，眼睛瞪得像两颗大枣。

妹妹很喜欢狗子哥哥。她带着他去弄堂里玩。

他们比赛倒退着跑，看谁可以第一跑到弄堂口。玩着玩着，妹妹要小便了。

“你在这儿等我，我马上就回来。”

可是，妹妹回来时，狗子哥哥却不见了。妹妹飞跑着，一条支弄一条支弄找。找到第八条支弄，她看见一群孩子正围着狗子哥哥起哄，“乡下人到上海，上海闲话讲不来……”

狗子哥哥双手紧握，害怕地靠在墙上，脸涨得通红。

“喂，你们做什么?”妹妹很凶地叫起来。

狗子哥哥抬起头，额上全是黄豆大的汗珠。

“哦，原来是你家的客人啊。”阿明怪腔怪调地说，“他东窜西窜，找不到门，吓得小便都要急出来了……”

又是一阵哄笑。

妹妹生气了。奶奶说过，“不可以欺负比你弱的人”，她的朋友们怎么可以欺负人?欺负一个从乡下来的客人?

“你们欺负人!”她一把拉住狗子哥哥的胳膊。“走，我再也不跟他们玩了!”

一看妹妹真的生气了，阿明连忙软下来。

“没有没有，我们真的没有欺负他，我们问他找谁，可他说不出。不信，你问他。”

一边说，阿明一边拿出铁环，讨好地说：“我们一起玩滚铁环吧。”

“狗子哥哥才不玩滚铁环呢。他们村里有很长很长的河，狗子哥哥能一头扎下去，在水底下游啊游啊，一直游到……游到……”

妹妹拼命地想，什么是最远的地方呢?

“一直游到人民公园，才浮出水面呢!”

在水底下一直游到人民公园?可真厉害!这下，孩子们对狗子刮目相看了。

“你们乡下很大很大吗?”一个孩子问。

狗子憋了半天，点点头。

“比我们的弄堂还大?”

狗子抬头看看一眼就望到头的弄堂，笑了。

“我们的水稻田看不到边，大概……大概比你们上海还大。”

“狗子哥哥，给我们讲讲乡下的故事吧。”妹妹说。

于是狗子开始讲乡下的故事。

母牛妈妈生小牛犊，生不下来，他帮着爸爸把小牛犊从母牛妈妈肚子里“拉出来”，小牛犊摔了好几跤都站不起来；邻居的爸爸上山砍竹子，在路上遇见一条大蟒蛇，蟒蛇把他缠住，他怎么逃出来……

妹妹看着她的朋友们围着狗子哥哥，羡慕又崇拜地听他讲故事，心里好开心。她喜欢狗子哥哥，当然希望她的朋友们也喜欢他。

第三天，狗子要跟着来上海送蔬菜的爸爸回家了。

妹妹很舍不得。她很想让狗子哥哥带他们再抓几个蟋蟀，再捅一个蚂蚁窝，很想再听他讲几个乡下的故事。

可是，电车还是载着狗子和他爸爸走了，妹妹有点想哭，不过想起狗子哥哥说“下次还会再来”，她就忍住了。

后来，狗子哥哥真的跟着他爸爸的船又来过几次上海。

每次来，他都会带一些礼物，有时是一个金黄色的南瓜，有时是一瓶小蝌蚪，还有一次是两个装在小竹笼里的蚂蚱，翠得像片绿叶，长长的胡须上下抖动。

每次来，妹妹、哥哥、小朋友们都和他玩得疯疯癫癫，直到一步也走不动。回去时，妈妈也一定会找出一包还能穿的旧衣服给他，还有一些省下来的粮票。

可是过了年，狗子哥哥再也没有来，就像断了线的风筝。

妈妈托人打听，才知道，他们村前修了一条公路，把他家的田征收了。狗子爸爸被安排到一个煤矿工作，一家人都去了很远的新家，那里没有了他的小牛犊，也没有了“比上海还大”的水稻田。

听到这个消息，妹妹伤心地哭了。

以后，妹妹常常想起狗子哥哥。

虽然伤心，可想到狗子哥哥，妹妹心里就有很多温暖。妹妹记得最清楚的，是狗子哥哥那双黑亮黑亮的带着笑意的眼睛，和那些她从没听到过、永远不会忘记的故事。

# “我不要死嘛”

爸爸是个儿童剧演员。

妹妹为了这个觉得很难为情。

因为，爸爸经常在戏里扮演坏蛋，比如秃头的叛徒啊，身上长满毛的海盗啊，还有戴瓜皮帽的黑心地主，等等。

弄堂里的孩子们看了戏回来，就会学着爸爸的样子，高举双手，颤抖着腿，叫道：

“我该死！我投降！”

有一次，阿明还用黑布遮住一个眼睛，挥舞着竹竿，对妹妹叫：

“留下买路钱，放你一条小命！”

那是爸爸的台词，他扮演一个凶恶的土匪。

妹妹不喜欢小朋友学爸爸，可爸爸倒不在乎。他说：“他们学爸爸，说明爸爸扮演得像，对吗？”

爸爸剧团要上演《马兰花》了。

爸爸很想扮演那个“老猫”。

在《马兰花》的故事里，勤劳勇敢的小兰和懒惰的大兰是孪生姐妹。小兰嫁给了花神马郎。马郎有一朵神奇的马兰花，无论你想要什么，马兰花都能变出来。大兰看到了很嫉妒，大坏蛋老猫就出坏主意，帮她害死了小兰，夺走了马兰花。

马郎知道后，和小动物们一起捉住了老猫，并用神奇的水让小兰起死回生，美丽的马兰山又响起幸福的歌声。

虽说，老猫又是坏蛋，可爸爸说：“老猫在戏里很重要哦，而且，这个老猫，要这样跳来跳去。”爸爸弓起腰，两手捏成爪子缩在胸前，轻轻一跳，好高。

“戏的最后，”爸爸还说，“老猫会从台上逃到观众席里，最后在那里被大家抓住。”

妹妹觉得这太刺激了，而且，像猫一样跳来跳去也很好玩。

她也很想爸爸演老猫了。

每天爸爸下班，妹妹总是第一个替爸爸把拖鞋拿好，期盼地问：“爸爸是老猫了吗?”

“喵——还没有唉。”爸爸像猫一样回答。

那天，爸爸回到家，妹妹倚在爸爸膝前又问了：

“爸爸还不是老猫吗?”

爸爸把妹妹抱到膝盖上，看着她圆滚滚脸上圆滚滚的眼睛，说：

“爸爸不做老猫了。”

“那么做什么呢？做马郎吗？”

妹妹觉得做马郎也不错，可以送给美丽的小兰很多礼物。

爸爸把妹妹搂进怀里，轻轻摇起来。妹妹有点晕晕乎乎，可是觉得很舒服。

“我们自己来演《马兰花》吧，”爸爸忽然说，“我是老猫，哥哥做马郎，大兰小兰的父亲呢……啊，让奶奶演。”

妹妹“咯咯咯”笑起来——奶奶扮一个老头子一定很好玩。

“妈妈演小兰，妹妹演大兰——”

“我不要演大兰，”妹妹腾地挺直了身子，打断爸爸，“大兰懒惰，还骗人。我要小兰、小兰嘛！”

所以，妹妹就演了美丽善良的小兰。

《马兰花》的演出就在家里，爸爸妈妈把方桌子搬到墙边，中间留出一小块“舞台”。哥哥的朋友们、宋婆婆，还有阿明、荣荣和小米（小米抱着雪花），都坐在床上看。

“演员们”都化了妆：扮演老猫的爸爸从头到脚披一块黑布，脸上画着长长的胡须；哥哥是马郎，自然得英俊潇洒，所以穿了件宝蓝色的背心；大兰和小兰披上一条同样的纱巾，因为她们是双胞胎；奶奶扮演小兰的父亲，头上包着白毛巾，手里拿着一只烟斗。

开始，一切还顺利。

可是，当小兰的父亲上场（就是奶奶），扮演小兰的妹妹向她鞠躬，刚叫了声“父亲”，观众就笑开了。阿明笑得在床上滚来滚去，喘不过气来。

这样一来，妹妹就把台词忘了。

小兰父亲问：“孩子，你愿意和马郎结婚吗？”

妹妹看着奶奶，轻轻晃动着身子，不知说什么。

奶奶又问了一次：“孩子，你愿意和马郎结婚吗？”

妹妹把拇指放进嘴里，一双眼睛在屋里扫来扫去。

荣荣把双手支在头上，对着妹妹做了个鬼脸。妹妹的脸涨红了，她指着荣荣说：

“昨天踢球你赖皮！”

大家笑炸了。

“啊哟，小兰还会踢皮球——”阿明怪声怪气地叫起来。

在笑声和喧闹声中，“小兰”和“马郎”结了婚，过上幸福的生活。小兰回娘家看望家人，并让马兰花变出礼物。

妹妹高举着一朵用手绢折成的花，大声说：

“马兰花，马兰花，风吹雨打都不怕，勤劳的人儿在说话，请你现在就开花！”

“嘭！”扮演父亲的奶奶躲在桌子后面把锅盖敲得像鼓一样响，然后，又飞快地从屋顶吊下一个大竹篮，里面塞了两个枕头（这代表“贵重的礼物”）。

这时，藏在树后的老猫跳出来，一把抢过马兰花，恶狠狠地说：“今天别想逃出我的手掌！”说罢，便把小兰推下河去。

导演爸爸让妹妹倒在地上后不能动，意味着已被淹死了。

可是，妹妹在地上躺了一会儿，突然不想被淹死了。她忽地站起来，大声说：“我不要死，不要死嘛——”

说罢，她往爸爸（老猫）身上一扑，抢回了马兰花……

笑声把玻璃窗都震动了。尽管洋相百出，但每个孩子都是那么高兴，就像在真的剧场里演出一样快乐。

长大以后妹妹才知道，当时因为政治问题，剧团不让爸爸演主要角色了，而老猫是个主要角色。

虽然爸爸妈妈奶奶有焦虑，有苦楚，他们一定不让孩子们感受到。所以，他们花了很多力气为孩子们排演《马兰花》，和孩子们一起演，一起笑。

家是妹妹一生的港湾：无论何时何地，无论多么艰险，家里的人永远敞开双臂爱护她，保护她，永远是她心里的“马兰花”。

# 夏

# 两根棒冰

天渐渐热了。

月季花开出的黄色花朵，把鸡冠花的深红衬得更漂亮了。两只斑鸠经常来做客，灰色的背，却腆着淡粉色的肚子，一跳一跳在花盆中“散步”。

小小的阳台好像有了些公园的味道。

太阳还斜斜地挂在窗上，爸爸竟破例早早下班了。

还没踏进门，爸爸便叫开了：

“快来看快来看，我带好东西来了。”

妹妹正坐在地上和小米玩，她一下子跳起来，扑到爸爸腿上，不相信地问：

“爸爸，是吃的吗?”

平时，只有妈妈才带“好东西”回家的，因为爸爸是一个“没有钱的人”——每天上班前，他从奶奶那儿拿八分钱买两张电车票，一张去，一张回。他的口袋里从来没有多余的钱。

“小馋鬼！”爸爸说。

一转头，爸爸看见了小米，他迟疑了一下，但立刻微笑着在桌边坐下。

“小米也在，来，哥哥、妹妹、小米，从左到右站好了。”

孩子们站到爸爸跟前。小米有点拘束地绞着双手，哥哥、妹妹却兴奋得不停替换着两脚，好像小便快憋不住了。

爸爸从包里拿出他每天带饭的铝制饭盒，狡黠地笑了笑，然后把饭盒举过头顶，慢慢地在头顶上转着。

“我有——一个宝，叫你么——猜不着——”

他唱着自编的小调，把最后的“着”字拉得长长的，上上下下滑了好几个来回。

小米“咯咯”地笑了。

爸爸在舞台上是个演员，在生活里也常常让人忍俊不禁。

有时，他会突然模仿起卓别林的样子，耸着肩走八字步，或者学他用两个手指当脚在桌上叮叮咚咚跳舞。

有时，他高兴地拉着妈妈跳华尔兹，一圈一圈把妈妈转得直叫：“不行了，不行了，要晕过去了。”

妹妹生病了，爸爸用凳子搭成碉堡，让她好好“坚守阵地”；妹妹不想吃饭，爸爸举起一勺菜，两臂张成机翼，嘴里发出“轰轰”的飞机引擎声，在屋里绕来绕去地“飞”，最后冲入“碉堡”，把菜送进妹妹口中……

今天，爸爸是在逗我们呢，还是真带来什么“好东西”了？妹妹想得呼吸都屏住了。

终于，爸爸放下饭盒，像电影里的慢动作，一点、一点掀开饭盒盖——饭盒里是他的灰色大手绢，手绢里包着什么。

他猛地拉开手绢：

“嗒嗒！”

“赤豆棒冰！”妹妹惊喜地叫道，“真的带‘好东西’了！真的带‘好东西’了！”

她迫不及待地伸手去拿。

“不要急不要急，”爸爸一把拉住她，“看看，几根棒冰哪？”

饭盒里静静地躺着两根棒冰。

大家都愣了。三个人两根棒冰？

“我只有两根棒冰的钱，”爸爸做了个鬼脸，“不过，不要紧，爸爸会变戏法，绝对有办法让你们三个人都吃到。”

那时候，一根棒冰四分钱，两根棒冰八分钱，正好是爸爸省下的车费。

爸爸剥去了棒冰纸，左手拿起一根棒冰，右手拿起一根棒冰。

“现在，爸爸是指挥官，我给谁，谁就吃。不过，轮到的人，只能舔，不能咬，明白吗？”

“明白明白明白……”

三个孩子兴奋地叫着。三个人吃两根棒冰，太好玩了！

爸爸刚举起棒冰，妹妹叫道：

“等等等等，我要小便——”

妹妹有个怪习惯。每次有重要的事，在最关键的时刻，她就会“等等，我要小便”了。比如，全家要拍照，刚摆好姿势，她要小便了；换好了泳装，大家正要跳下游泳池，她要小便了；上次幼儿园去郊游，汽车刚要开，她要小便，全班同学只能站在车站等她一个人。

“你你你……你怎么这么烦？棒冰要化的！”

哥哥瞪着眼睛想拦住她。

“要小便又没有办法！等我等我……”

妹妹推开哥哥，边叫边冲进了厕所。

妹妹飞奔回来，大家各就各位——哥哥左边，妹妹中间，小米右边。大家紧张地看着爸爸，好像战士等着冲锋号。

“现在——开始！”

爸爸用嘴打着鼓点，

“嘣嗒嗒嗒嗒——嘣嗒——嘣嗒嗒嗒嗒——嘣嗒——”

他把左手的棒冰让站在左边的哥哥舔了一口，又把右手的棒冰让中间的妹妹舔了一口，然后，他把左手绕到右面，把左手的棒冰让站在右边的小米舔一口。

每人都轮到后，爸爸又开始下一轮：哥哥，妹妹，小米……哥哥，妹妹，小米……

他一会儿把左手绕到右面，一会儿又把右手绕到左面，像杂技团的扔球演员那样不停交叉着双手，把两根棒冰在三个孩子中转来转去，一次也没转错。

三个孩子边吃边“咯咯咯”笑着，甜蜜的冰水顺着喉管，好像一直流到心里。孩子们没有争先恐后，没有争吵，连偷着咬一口也没有。也许，他们对这种吃棒冰的新方法感到新鲜；也许，他们知道，这是爸爸走了整整一个小时的路省下的两根棒冰。

初夏的斜阳照在爸爸的额上，晶莹的汗珠在闪亮。

窗外，两只斑鸠散完步，一跃而起，飞走了。翅膀碰了碰鸡冠花，紫红色的花冠轻轻地摇曳起来……

# 135照相机

哥哥放学回家，没像往常那样斜背着书包，让它“啪嗒啪嗒”敲打着屁股，神气地走进门；今天，他把绿色的书包端端正正挂在胸前，双手还小心翼翼地托着书包的底部。

“快来，给你看一样东西。”他一进门就神秘兮兮地对妹妹说。

哥哥从书包里小心地拿出一个旧旧的黑盒子，像一块厚厚的砖，黑色的包皮在接缝处磨光了，里面露出硬币般的颜色。

他把黑盒子竖起来，“啪嗒”一声，把盒子的顶部掀开，得意地对妹妹点点头：

“怎么样？135照相机！”

妹妹一步跳了过去。

“可以摸吗？”

她还从来没有摸过一个真的照相机哩。

"可以啊。"哥哥微微斜着头，摆出一副见多识广样子，"如果你想'取景'，就看这个洞口。"他指着那个掀开的口子说。

"'曲井'是什么？"

"取景也不知道？"哥哥夸张地挑高眉毛，做出吃惊状，"取景就是拍照啊！"

想一想，他自己也觉得解释得不太地道，便挥挥手说：

"算了，你不懂，过来看了就知道。"

这是个很老式的相机，那个掀开的顶部像个井口。妹妹低下头，往井里看，却看到一片漆黑。她拼命地看，还是一片漆黑。

"黑黑的哦。"她嘟囔着。

"哦，我忘了把镜盖拿掉了。"

哥哥慌手慌脚地拿下镜盖。

"啊，看到了！"妹妹尖叫起来，"我看到黄色的窗帘了！"

"里面还有六张没用过的胶卷呢！"哥哥把旧得起毛的皮带套上脖子，卖关子地问："怎么样，想不想照一张？"

妹妹兴奋得头开始晕了。

妹妹最喜欢照相了。家里没有照相机，每年春天，妈妈带她和哥哥去人民公园，让摄影叔叔替他们照个合影。可是每当叔叔一说：“好，准备——”妹妹总会叫一声：“等等，我要小便”！好不容易等她上完厕所，叔叔说“现在，准备——”可不是妹妹拼命眨眼睛说“太阳在照我的眼睛”，就是哥哥说“啊呀，腿麻死了”，必须换个姿势……总之，照完一张相，大家都累出一身汗。

现在，有个照相机，能在家里照相，这样的好机会，她能放过吗？

“我要照我要照，”她急忙冲到相机跟前，“我照过135照片的，很小很小，眼睛和鼻子都看不出，对吧？”

哥哥听了却很不受用。

“眼睛和鼻子都看不出？那你就不要照嘛。”

哥哥身子一扭，把相机对准雪花。

“我又没说不要照。眼睛和鼻子看不出，我也喜欢。我和雪花一起照……”

他们正叽叽喳喳着，买完菜的奶奶回来了。一看到哥哥手里的照相机，还没放下菜篮子，便问：

“哪来的照相机啊？”

“王力的哥哥借给我的，里面还有六张胶卷呢。”哥哥得意地举起相机。

奶奶在哥哥面前坐下，伸出手。

哥哥以为奶奶要看看相机，忙问，“奶奶会拍吗？要不要我教你？”

“我们说过，不拿别人的东西呀？”奶奶的手还伸着。

哥哥赶忙侧身护着照相机，委屈地说：

“可是我没有‘拿别人的东西’，这是借的呀。”

“是借的是借的。”妹妹赶紧重复。

“照相机很贵重，万一弄坏了怎么办？”

“奶奶，不弄坏，保证不弄坏的。”妹妹一步挡到哥哥前面，拉住奶奶的衣袖。

好不容易才有个拍照的机会，真怕就这么逃走了。

奶奶轻轻地揉揉妹妹的头。

“还记得上次借自行车的事吗？”她说。

那是半年前的事。

哥哥忽然迷上了学自行车。他跟着同学骑了几次，回来说自己骑得“很有水平”了，缠着爸爸妈妈借一辆旧自行车让他练习练习。后来，爸爸真的向同事借来一辆很旧的“老坦克”，让他练两天。

哥哥兴奋得五点多就起床了，一吃完早饭，便拉上爸爸和妹妹去看他骑自行车。

“老坦克”真是名副其实，车子又大又重，像坦克车一样结实。车子的座位很高，哥哥根本坐不上去。于是，他把左脚踩在左边的踏脚板上，右脚穿过三角架，踩在右边的踏脚板上。一上一下，一上一下，像耍杂技一样，居然也能晃晃悠悠地往前骑。开始，爸爸在后面扶着，骑了一会儿，哥哥说“很稳了”，便让爸爸松了手。

开始，骑得还不错，可是骑了几圈后，被路边一个高出地面的阴沟盖绊了一下，连人带车摔下来，撞在一个石头花坛上，两根钢丝弯了，三角架瘪进一个洞，车灯也摔碎了。

虽说本来就是旧车，可爸爸说必须彻底修好，还要买礼物去道歉。为了这，奶奶从“预算”里省了好多天的菜钱。

当时，哥哥保证从此“再也不借别人的东西了”，所以现在奶奶一提，哥哥便无话可说了。他撅着嘴，把相机的皮带甩来甩去。

“这世界上有很多好东西，你不可能都有啊。”奶奶把哥哥拉到跟前，“如果你老想着，我怎么没有照相机啊、自行车啊，你就会不开心。但是，如果你看看自己有的东西，比如飞机模型啊，比如这么可爱的雪花啊，不去看没有的东西，你就快活了。对不对？”

哥哥看看奶奶，还是没说话。

妹妹爬到奶奶腿上，把头贴在奶奶胸前，蹭啊蹭，轻轻地说：

“奶奶，让我们拍一张，就一张，好吗？”

奶奶笑了。“好，我替你们照一张合影。来！”

妹妹站到哥哥身边，钩住哥哥的臂膀。奶奶刚叫了“准备”，妹妹大叫：“雪花！”

她把雪花抱在怀里，雪花的爪子搭在哥哥的肩上，奶奶叫：“一、二、三——”

妹妹忽然又憋不住了，刚张开嘴，还没来得及说“哎——我要小便”，奶奶已经把快门按下了……

至今，妹妹仍然保存着那张邮票般大小，咧着嘴叫“哎——”的照片。

## “压船要哦？”

阿明那个念中学的表哥来做客了。

像往常一样，小孩子们立刻围住了他。

“我们今天玩什么呢？”妹妹拉着他的胳膊问。

他每次都带来很好玩的东西。

“今天嘛……对了，有个特别好玩的地方，想不想去？”

表哥的头发往上竖着，像个乱乱的鸟窝，长长的汗衫把短裤遮住一大半。

“去啊！去啊！”孩子们欢呼雀跃。

“要走很远的路哦，怕不怕？”

“才不怕呢！”妹妹说。

“不怕！”“不怕！”

一群大大小小高高矮矮的孩子们出发了。

天很热，马路上几乎没有人，只有树上的知了叫得很响。孩子们浑身是汗，短背心和方领衫湿了一大片，贴在身上，可是他们好像一点都没觉察，飞快地迈着短短的小腿，还叽叽喳喳争论着，到底知了是在叫“知道了——知道了——”，还是在叫“热死了——热死了——”。

“到了。”在一条宽宽的河边，阿明的表哥停下来。

河水很浑，泥浆样的颜色。沿着河岸，水里漂浮着各种各样的垃圾——破布、草绳、烂菜皮，还有一条肚皮朝上翻着的死鱼。

“这是好玩的地方吗？”小米问。

阿明的表哥指了指河上那座青灰色的石桥说：“看下面——”

妹妹他们冲到河边。

石桥的两边有些船，多数是装着西瓜的小舢板。带着大草帽的船工们用竹篙撑着小舢板慢慢前进，接近桥洞时，那些船便排成单行道，一艘艘有秩序地从石桥中间那个最大的洞里慢慢穿过——一艘过去，一艘过来。

“他们在钻山洞吗？太好玩了。”妹妹看到船过洞时，船工们放下长长的篙，弯着腰立在船上，用手推着桥洞的顶，一点一点钻过去。

“什么山洞？是桥洞。”哥哥说。

孩子们跑上石桥——高的伏在石栏杆上，矮的从栏杆的缝中朝着河里的船工乱叫：“给我一个西瓜好哦？”“要甜的！”

“唱个歌，就给你西瓜。”一个船夫对着孩子们叫，很多船夫们都仰着头大笑起来。

炎热里，妹妹他们来来回回地在桥上桥下奔着，乐疯了。

太阳开始西斜，潮水渐渐涨上来了，把河边盘根错节的大树老根淹没了。

“看那些船。”阿明的表哥又指着桥下说。

大家一看，呀，那些小船都停下了，有的拥在那个桥洞前，有的朝岸边停靠下来。

“他们为什么不钻桥洞了?”

“涨潮，水高了，桥洞就钻不过去了，如果硬钻，船就会卡在里面。”阿明的表哥使劲拍了拍双手，兴奋地说：“现在，我们可以好好玩了。”

他带头奔上石桥，对着等在桥洞前的船夫叫道：

“喂，压船要哦?”

妹妹他们不懂他在叫什么，不过也跟着起哄：“喂——‘鸭’船要哦?”

桥下，船夫们抬头看着这些才七八岁的孩子，摇摇头，一脸的不屑。更多的舢板划向岸边，看来只能等到明天退潮才能穿桥洞了。

一个脸特别黑的矮个子仰着脸喊：“介小个人，压得动哦?”

“小又哪能啦，人重的。”阿明的表哥不屑地把头一仰，“不要算了，我们还不想做呢。”

“那么，四个人吧，”矮个子犹豫了一下，“挑结棍点的。”

阿明的表哥的眼睛睁大了，他回转身兴奋地对大家说：“四个人，谁去?”

“去哪里?”大家还是摸不着头脑。

“跳到船上，帮他压分量，船重了，就可以钻过桥洞了。”

“跳……跳到船上？从这里跳?”连皮大王阿明也吓了一跳。

“那有什么?”阿明的表哥皱起眉头。“和你们这些小萝卜头玩真没劲。从桥上跳到船上就像从桌上跳到地上，有什么怕的?”他用手臂一下把小朋友们圈拢来，悄声说：“有时候他们还会给个西瓜呢！沙甜沙甜的!”

“我去我去!”

不知是西瓜的引诱，还是对冒险的冲动，妹妹第一个应战。

“我去!”“我也去!”

阿明、荣荣、哥哥争先恐后着。

“四个人够了，妹妹留下，他们不要小姑娘的。”阿明的表哥把妹妹拉出来。

"'小姑娘'怎么了？荣荣斗鸡还斗不过我呢！"

"可是压船要赤膊的，你怎么去？"

阿明的表哥一边说，一边把汗衫、拖鞋脱下。

妹妹想还嘴，一个字没吐出来，脸却红了。在哄笑声中，她拉上小米跑一边去了。

阿明的表哥带着其他三个"男子汉"，赤着膊站到了石栏杆旁。矮个子船夫把他的小舢板摇到洞下，对准了他们。

阿明表哥翻过石栏杆，用一只手拉着栏杆边，朝下看着小船，然后，一松手，轻轻掉在船头上。

他回身叫着阿明，"一点也不怕的，来！"

阿明学着表哥的样，也翻出石栏杆，跳在船上。

接着，荣荣，哥哥也一个个跳了下去，变成了"压舱的秤砣"。

被剔出局的妹妹，刚才心里还气嘟嘟的，现在却和小米拼命把小脸挤出粗糙的石栏杆，盯着那条小舢板。妹妹看不出船是否真的重了，沉下些了，她只看到那个矮个子让大家在西瓜上坐好，他身子一弓，就钻到桥洞里去了。

小舢板一点一点缩进桥洞，妹妹忽然害怕起来：如果哥哥"卡在里面"，那可怎么办？她飞奔到桥的另一边，费力地攀上石栏杆，两只脚便悬在半空中——没有小船啊！她又飞快地跑回这边，使劲看一点点缩进桥洞的船尾……

妹妹在桥的两边跑来跑去，不停地叫："船呢？船呢？"

哈，船头终于露出来了！妹妹的脸顿时晴了。哥哥没有"卡在里面"，大家都没有"卡在里面"。妹妹高兴地连蹦带跳，连连喊着：

"喂，压船的，加——油——！压船的，加——油——！"

小船钻出了桥洞，四个压船的小子站在西瓜堆上，得意地对着妹妹她们挥舞着双手：

"哎——哇——哈——"

小船穿过了桥洞，四个小子"扑通扑通"从船上跳进河里，一齐朝岸上游来。

"压船"的上来了，短裤紧紧粘在身上。哥哥的头上粘着半块菜皮，阿明的胳膊上挂着条破草绳。可是，他们完全没有注意到身上的脏和臭，每个人的眼睛都熠熠闪光，好像刚从月亮上探险回来。

"看看，战利品！"

阿明的表哥解下围在胯上的汗衫，从里面举出一个大大的西瓜。

"远征的战士们"急急忙忙围着圈在河边的草丛里坐下。妹妹顾不上捋一捋披到脸上的散发，便迫不及待地品尝大冒险的成果了。

啊，西瓜好甜哪。

# 宋婆婆的“小亲亲”

宋婆婆住在妹妹家楼下一个很小的亭子间里。她有一个儿子，五岁时得了小儿麻痹症，勉强能走路。宋婆婆来上海打工，每月寄钱给乡下，为了养活已经成年的残疾儿子。

因为爸爸常去巡回演出，妈妈要出差，所以宋婆婆就来帮奶奶带妹妹和哥哥，再做点家务。

妹妹不是一盏省油的灯，带她可不容易。

妹妹刚满一岁时，有一天宋婆婆在路上遇见个熟人，便把怀里的妹妹放到地下，从口袋里拿什么东西给那个人。一回头，妹妹已跑到马路中央，一辆装满砖的卡车一个急刹车，车上的砖撒了一地。

稍大一些，妹妹可以自己坐在地上玩了。一天，妹妹在屋里玩，很安静。太安静了，正忙着做家务的宋婆婆觉得有点儿不对劲。她跑进屋一看，天哪，妹妹把一瓶雪花膏抹得满地满床满身。看见婆婆，她天使般地笑了。

四岁那年，妹妹对奶奶的缝纫机发生了兴趣。有一天，奶奶不在，胆大的小姑娘就自己动手了。只听到一声“哇——”，宋婆婆奔过去，缝纫机针已穿过了她的小手掌……

尽管妹妹有这么多“让人吓一跳”的事，宋婆婆还是特别宝贝她，一口一个“小亲亲”，还振振有词地说：“不皮的孩子没出息。”

替人帮佣的宋婆婆，挣钱很少。寄钱给乡下后，囊中常是空的。可她一省下几分钱，便带着妹妹去逛街。

“小亲亲自己看，喜欢什么，婆婆买。”

在卖小吃的地摊前挑来挑去，最后，婆婆的钱往往只够买一个泡菜头，或是一个橄榄。妹妹嘴里吃得鼓鼓的，心满意足地晃着脑袋。一老一小手拉着手，晃荡晃荡走回家。

妹妹的幼儿园养蚕，胖胖的小白虫让小人儿们惊喜无比。

“下星期一，每个小朋友带二十片桑叶来喂蚕宝宝。”刘老师布置了回家作业。

宋婆婆带着妹妹寻遍了附近的弄堂，终于找到一株桑树。可是一次，两次，三次，婆婆去敲门，没有人答应。

“明天没有桑叶，小朋友要笑我了。”

星期一就在眼前，妹妹绝望地哭了。

“婆婆怎么会让小朋友笑我的小亲亲？不可能的！”

星期天晚上，婆婆又去了，还是敲不开门。七十多岁的婆婆，竟然爬上短墙，为她的小亲亲偷了好几把桑叶。

在妹妹眼里，宋婆婆是和奶奶一样亲的婆婆。

那时候，龙头里只有冷水。冬天，宋婆婆在冷水里洗菜洗衣服，手冻裂了，又红又肿，有的地方还渗着血。

妹妹摸摸宋婆婆的手，轻轻问：“婆婆疼吗？”

“不疼，婆婆习惯了。”

妹妹把宋婆婆的手放到自己的胳肢窝下，那是她认为“最暖和的地方”。

“婆婆用热水洗，手就不疼了。”

宋婆婆笑着亲亲妹妹。她的小亲亲这样心疼她，让她很开心。她笑着说：

“热水要用煤烧，煤要钱的，所以婆婆不用热水洗。”

有一天，宋婆婆带着妹妹去买酱油。酱油店旁边是个“老虎灶”，只要交一分钱，就可以灌热水。

妹妹站在“老虎灶”门口等宋婆婆。她看着进进出出的人，提着热水瓶进来，付了钱，装满热水离去。

妹妹走到灌水的大爷跟前，问大爷什么。大爷耳朵背，听不清，就把身子弯下。妹妹踮起脚，对着大爷的耳朵说了好一会儿话。

说着说着，大爷笑了，眼角的皱纹都挤到一块儿。宋婆婆买完酱油回来，大爷说：

“你可是个有福气的婆婆啊！小孙女说，婆婆的手肿了，她要买热水给婆婆。不过，她没钱，等过年有了压岁钱，就还我。”大爷摇着头对妹妹说：“这么孝顺的孩子，我不要你的钱。”

……

白玉兰开始结蓇葖果的时候，宋婆婆的儿子死了。

妈妈陪宋婆婆去乡下办丧事，回来时，宋婆婆好像一下子老了。她拉着妈妈的胳膊，鞋子在地上踢拖着，一步一步走得很慢。

进了弄堂，邻居们纷纷拥上来，你一句我一句地安慰她。宋婆婆不说话，看着熟悉的邻居就像看着陌生人，脸上没有表情。回到家，宋婆婆缓缓地在椅子上坐下，不哭，不说话，也不动，一簇白发从发夹里掉出来，挂在耳边。

妈妈端了碗面给宋婆婆，宋婆婆没有接，眼睛散散地看着前面，人好像去了什么不知道的地方。

妹妹很害怕。

“婆婆——婆婆——”她叫。

宋婆婆没有回答。

妹妹爬上宋婆婆的腿，把头贴在她胸前，双手紧紧环住她。妹妹感觉着宋婆婆的心跳和暖暖的体温。

过了一会儿，宋婆婆还是没做声，妹妹开始哭了。

“婆婆，你怎么了？你为什么不认识我了？我是小亲亲嘛——”

妹妹热热的眼泪“扑簌扑簌”滴在宋婆婆胸前，她一怔，终于从什么不知道的地方回来了。她忽然紧紧搂住妹妹，眼泪一串串地掉下来。

……

从那以后，妹妹每天晚上都去宋婆婆那儿。宋婆婆坐在一个扶手都破了的藤椅里，妹妹趴在她怀里，听她哼一首摇篮曲。那是宋婆婆以前唱给她儿子听的。

星星月亮，云里睡了，
牛儿羊儿，圈里睡了，
花儿草儿，地里睡了，
我家狗子，妈妈怀里睡了
……

# 井里的西瓜

一下午，妹妹都在弄堂里转来转去，奶奶叫了她两次，她也没回家。

太阳很辣，把水门汀地烤得滚烫滚烫的，一盆水泼上去，一会儿就蒸发得无影无踪。

妹妹方领衫的后背湿了一大块，像乌龟壳似的贴在背上，刘海被汗水浸成一缕一缕，粘在额头。可是她全然没有在意，眼睛直勾勾地看着弄堂口，一看见一个熟人进来，就兴奋地奔上去，说：

“哎——想看看我们浸在井里的西瓜吗？”

原来，今天晚上有客人来，妈妈买了一个大西瓜。为了晚上能吃上“冰冷冰冷”的西瓜，妈妈便把西瓜放到王大妈家的井里浸着。

上海的夏天很难受。没有空调，没有冰箱，一到下午，屋里屋外都是热烘烘的。奶奶只能不时在地上洒些冷水降降温，晚上，拉张凉席睡在地板上或阳台上。还有的人家实在太热，便去外面睡。一到晚上，弄堂里、马路旁都是人，凉席、藤椅、门板，各种各样的“床”一个挨一个。邻居们扇着芭蕉扇，讲讲笑话，一直等到夜深了，凉快了，才能入睡。

所以，能用井水把西瓜冰一冰，真是很奢侈的呢。

妹妹邀请了好几个熟人“看看我们浸在井里的西瓜”，可天实在太热，大家都不愿意在太阳下多待一分钟。一个人说：“好啊，可是让我先去洗个澡。”另一个人说：“哇，真的？那我晚一点再来看吧。”

妹妹看着他们躲在墙根的阴影里匆匆往家里走去的背影，很失望。

“哦……那么，快点来啊。”

好不容易，妹妹看到阿明和荣荣进了弄堂。她迫不及待地奔过去，把他俩拉到王大妈的井边。

王大妈门前的那口井，是弄堂里仅有的两口井之一。平时王大妈总把那个木头井盖锁上，这样就不会有人不小心掉下去。

“妈妈买的西瓜，敲一敲，有很脆的声音，那样的西瓜一定‘沙甜沙甜的’。”

其实，这些都是妈妈的语气，不过，妹妹一听就记住了。她指了指拖在井盖外面的绳子，得意地告诉她的朋友们：

“现在西瓜正在‘冰镇’，这样晚上吃起来就冰冷得‘连牙齿都会冻掉了’。”

阿明拉了拉井盖外的绳子，一脸的不相信。

“井那么深，怎么吊西瓜？”

“能吊，当然能吊。”

妹妹对阿明不相信她的话很气愤。正好王大妈来打井水拖地板，妹妹央求大妈不要盖井盖，让她看一眼那个西瓜。

“哪里有西瓜？哪里？西瓜都会浮在水面上的。”荣荣探身看了看黑乎乎的井，不以为然地说。

妹妹使劲往下看，确实没有西瓜。可是，她明明看到妈妈把西瓜放下去的呀。

“应该……在下面的……”

阿明一伸手，拉过井盖外的绳子，然后一肘一肘往上拉。一个装在网线袋里的西瓜渐渐浮了出来。网线袋里，还装着两块砖，原来妈妈是这样让西瓜沉到水里的。

“看见了吗？我说有西瓜的！”妹妹开心地叫起来。

“水雷——水雷来了——”

阿明仰着头，一边大叫着，一边往上拉西瓜。当他把西瓜拉到井口时，忽然一松手，让网线袋里的西瓜和砖头掉回水里。

“嘭！”西瓜发出一声闷响，溅起很多水花。

“水雷炸喽！”阿明和荣荣开心地大笑起来。

妹妹本来觉得“浸在井里的西瓜”是可以自豪的东西，没想到她的朋友不但不这么认为，还把西瓜当“水雷”玩，她失望极了。

“不要扔！不要扔！”她摇着双臂叫。

可是阿明和荣荣完全没有听到她的叫声。他们笑着，叫着，开心地把绳子又往上拉，然后一松手，让西瓜又掉进水里。

“水雷炸喽！水雷炸喽！”

这时，不知是那个网线袋太旧了，还是沉重的砖头太尖利，网线袋破了一个大口子，西瓜从袋里钻出来，就漂浮在水面上了。

妹妹本来已经很难过，看到网袋破了，西瓜漏到水面上，便“哇”地哭出了声。

“还我西瓜……还我西瓜……”

她本来晒红了的脸涨得更红了。

阿明知道闯祸了，可嘴还硬着：

“哭什么？帮你捞上来就是了。”

可是，把西瓜捞上来哪是那么容易的。阿明用一根木棒去够，可是他把身子全部探进井里，还够不着西瓜。

王大妈拿来打水的木桶，甩了好几次，也不能把西瓜

“舀起来”。

邻居们围了过来，七手八脚地试试这个，又试试那个，可那只西瓜仍在水面上飘来飘去。

阿明没办法，只好把他爸爸找来了。

阿明的爸爸手很巧，老喜欢用榔头啊、螺丝刀啊敲敲弄弄的。他拿来一根很长的竹竿，又把一根粗粗的铁丝弯成一个圆形，绑在竹竿的头上，像一个弯成90度的空心勺子。

他探下身子，把竹竿慢慢往下伸，一直伸到西瓜的下面，然后，一点点、一点点地拉，终于把西瓜拿了出来。

阿明松了口气。他摸摸西瓜，解嘲地说：“哎哟，冰得我牙齿都掉了嘛。”

妹妹紧紧抱着冰凉的西瓜，再也不肯松手了。

# 好玩的灯

妹妹家有张四四方方的红木桌，放在屋子的正中间。

妹妹很喜欢这张桌子，不仅因为红木桌的四边有雕着花的挡板，桌面擦干净，光亮得可以照出人来；更主要的，因为这是“大家都聚在一起”的好地方。

每天晚上全家人围着桌子吃饭，是最开心的时候。每个人都说说白天发生的事情——五个人，就有很多故事——有时饭吃完了，故事还没说完。

晚饭后，桌子就变成了大家的“办公桌”——奶奶在上面做馒头啊包馄饨啊；妈妈通常补衣服；爸爸不是写字就是看书；哥哥喜欢做飞机模型；妹妹呢？妹妹拿出收藏的糖纸，一张一张压得平平整整。雪花看到大家都围着桌子，也跳上来，肆无忌惮地往桌子中央一躺，也不管是不是压着爸爸的字典，还是尾巴拖在奶奶的砧板上……

妹妹喜欢这个拥挤的桌子：她可以伸过头看看这个人

在做什么，转过身和那个人说说话。她觉得，这才是“从前有一家人家”的味道。

不过，这个“一家人”的桌子只有一个大灯，40 支光，灯罩是一片好看的荷叶。

吃饭或有客人来时，灯要吊高，才能把整个房间照亮；写字或做针线时，灯要放低，才看得清楚。所以，这个灯经常要扎高或者放下，很麻烦。有一次，正吃着饭，扎高的绳子松了，吊得高高的灯忽然垂了下来，把大家吓了一跳。

于是，爸爸决定装个“滑轮灯”，他说，这是个能“拉上拉下的灯”。

爸爸以前不会做这些事。妈妈说，她认识他的时候，爸爸连洗衣服要擦肥皂也不懂，是个“五个手指粘在一起的人”。除了看书和演戏，只会烧开水。

后来，家里有了哥哥和妹妹，要修修补补的东西也多了，爸爸开始自己学着做。

鞋的后跟磨掉了，爸爸割一块橡胶补上去；水管不通了，爸爸用根粗粗的铅丝通；楼梯的扶手坏了，爸爸加固了根新的；夏天阳台上很晒，爸爸像个杂技演员一样，踏在阳台的栏杆上，把三米长的竹帘子挂到屋檐下。

总之，爸爸成了个手很巧的人。

安装“滑轮灯”的日子来了，爸爸神气地换上一件工作服，搬过一包工具。

“五金店的师傅都认识我了，”爸爸有点得意地笑笑，“他们说从没见过这么认真的学生，把每一步都详详细细地记下来，搞清楚，他们给了我一个五分！”

可是，爸爸爬上桌子还不到一分钟，这个“得五分的学生”就光荣负伤了——晃来晃去的灯砸了爸爸的头。

“啊，完了，完了，”爸爸大叫，“这一撞，几十万个脑细胞死了，我再也背不出台词了。”

妹妹吓了一跳，“爸爸，‘老稀包’是什么？我有吗？”

装个灯看上去容易，可是因为是往屋顶上钻螺丝，很难用力。爸爸弓着身子，仰着头，别扭地一下一下转着螺丝刀，嘴里发出“嗯——嗯——”的用力声。

妹妹仰头看着爸爸，觉得又高又大的爸爸真了不起。

有一次收音机坏了，妹妹和哥哥没法听每天的“故事联播”，急得饭都不吃了。（那时没有电视机，收音机里的“故事联播”可是他们每天的盼望。）爸爸花了几个晚上，跑了无数次无线电商店，回家把一堆乱七八糟的电线摆弄来摆弄去。后来，一扭开关，收音机里又开始讲故事了。

妹妹知道，世界上没有爸爸不会修的东西。

“嗯——嗯——”爸爸叫得更用力了，胳肢窝下的汗迹越来越大。

妹妹帮着爸爸一块儿叫：

“嘿哟——嘿哟——”

哥哥正在削他的弹弓，听到妹妹的叫唤，也挤过来凑热闹：

“嘿哟——嘿哟——”

他们越叫越响，越叫越开心。开始，他俩还看着爸爸，跟着他的节奏叫，过了一会儿，他们就忘了爸爸，一边叫一边围着桌子追逃起来。

“嘭！”一声巨响把妹妹和哥哥吓了一跳。回头一看，一块大大的石灰掉在红木桌上，摔成很多碎块。

屋顶太老了，爸爸的锤子、螺丝刀一折腾，便敲出一个黑黑的洞……

爸爸这个电工加木匠加泥水匠汗流浃背地工作了好几个小时，终于，带着满头白发一样的灰尘和一身石灰泥浆从桌上爬了下来。

妹妹和哥哥瞪着这个神奇的滑轮灯，充满了期待：两个小轮子，一上一下，一个轮子连着电灯，一个轮子连着鸭蛋大小的“吊锤”。

爸爸朝孩子们眨眨眼，扶住荷叶边灯罩，轻轻一拉，灯放低了；又轻轻一抬，灯升高了。

“真的滑了！真的滑了哎！”

妹妹哥哥尖叫着，又围着桌子追起来。

以后，妹妹渐渐明白了，为什么爸爸自己动手修修补补，哪怕弄得一身脏；为什么家里不多装几个灯，或换个大点的灯泡；为什么妈妈从小教她养成随手关灯的好习惯……

节约每一分钱既是美德，也是必须。

不过，虽然日子过得很节约，妹妹一点儿也没觉得苦。她记得自己怎样一次次费力地爬上凳子，踮着脚，把滑轮灯拉上拉下地玩；记得奶奶怎样一次次把她抱下来。有一次为了惩罚她，奶奶把她放在浴缸里，结果她打开龙头，玩得浑身湿透……

留在妹妹记忆里的，只有满满的欢乐！

因为这个神奇的滑轮灯，妹妹更喜欢这个有“一家人”味道的桌子了。

# 跳跳

妹妹走进屋，看见哥哥正捧着小鸡，斜坐在桌边，和小鸡“斗眼”。小鸡在他手掌里扑打着翅膀，发出惊恐的尖叫。

“不要不要——”妹妹愤怒地朝哥哥奔过去。

“嘘——”哥哥一手挡住妹妹，眼睛却不曾离开小鸡。

小鸡是狗子哥哥送给妹妹的。狗子哥哥说，如果你盯着小鸡，像木头人一样一动不动，连眼也不眨一下，坚持到足够长，小鸡会忽然晕倒。

所以哥哥经常趁妹妹不在时，捧出小鸡，僵着身子，和它们四目相“斗”。可是他斗得额上的筋都暴出来，小鸡也没有晕倒。

“放下我的小鸡——”

妹妹用力推开哥哥，抢过小鸡。

哥哥身子一斜，跌坐在地上。他恼怒地说：

“‘我的小鸡’，‘我的小鸡’，真像个鸡婆子！讨厌！”

哥哥说得没错，自从狗子哥哥带给妹妹六只黄茸茸的小鸡，妹妹就成了“天下第一鸡妈妈”了。

小鸡的家是她做的：粘起两个鞋盒，中间开个门；小鸡的饭是她喂的：把米碾碎，拌上碎青菜；中午热了，她坐下给小鸡扇扇子；天黑了，她像妈妈哄她睡觉那样，哼着不成调的“催眠曲”，拍着小鸡睡觉；当然，她还要时刻警惕像哥哥这样的“敌人”打扰她的宝宝……

不管为小鸡做什么，看着毛茸茸的小黄球对着她“叽喳叽喳”地叫，妹妹的心被喜悦充得满满的。她觉得自己就是一个“妈妈”，哪怕她淘气的小宝贝今天撞倒了花瓶，明天在爸爸的鞋里拉几滴屎，后天啄了睡着了的雪花的鼻子，妹妹还是那么疼它们，爱它们，一分一秒也不愿和它们分开。

没想到，过了几天，有两只小鸡不动了。不论妹妹怎样抚摸，怎样呼唤，怎样用手拍打它们，小鸡都一动不动。

再过了几天，又有三只小鸡不动了。

妹妹哭得伤心极了。

妈妈说，小鸡很脆弱，很多小鸡都可能死去。

妹妹边哭，边帮妈妈把死去的小鸡埋在大花盆里。她每天往花盆里浇水，好像它们还会从土里长出来。

剩下最后一只小鸡，成了“独生女”。妹妹给它取了个名字叫“跳跳”。

跳跳可真爱“跳”。

妹妹拿着青菜走过来，“乖，吃饭了。”跳跳“啪嗒啪嗒”从光滑的地板上跑来，一跃而起，啄下妹妹手里的青菜。落地时，常常在光滑的地板上“扑通”摔个四脚朝天，可是，下一次，它还是照跳不误。

有时，它从地上“扑啦”一下翅膀，便跳上凳子，再“扑啦”一下，站到桌上，“扑啦”，上了五斗柜，“扑啦，扑啦”，登上大橱顶。

它在橱顶上踱来踱去，妹妹说：“乖，看我们吃饭哦。”它就在橱顶的一角蹲下，歪着头“俯瞰”全家吃饭。奇怪的是，跳跳居然懂得橱顶不是随便用厕的地方，从来不在上面“便便”。

跳跳终于长成一只漂亮的母鸡，在它的脸蛋变得像阳台上的鸡冠花一样红时，它开始下蛋。那时候，买蛋都要蛋票，每家每月只能买两斤，跳跳下的蛋是真正的宝贝。奶奶在每个蛋上写明下蛋的日期，慢慢省着吃。

爸爸替跳跳在阳台上搭了个鸡棚。从棚子的栏杆里，跳跳可以看见阳台上种满的花，也可以看见下面的弄堂和弄堂里的人。

有一天，跳跳下完蛋，不知是太兴奋还是受了什么惊吓，它从鸡棚栏杆里钻出来，奋力一跳，从三楼阳台上跳到了隔壁的纺织厂里。

夏天，纺织厂的窗户都敞开着。妹妹冲上阳台，看见跳跳从一部机器上飞到另一部机器上，后面一长串想抓住它的人，张着双臂，跟着它在车间里慌乱地奔来奔去。

跳跳“扑啦扑啦”猛扇几下翅膀，纵身跃出一扇天窗，便占领了像山脊似的长长的屋顶。然后，又一跳，便跳到屋顶中央那个大大的黑烟囱旁。

两个健壮的工人爬上屋顶，猫着腰，小心翼翼地在倾斜的屋顶上追着这个“红脸逃犯”。跳跳围着烟囱逃，工人围着烟囱追……左邻右舍纷纷趴在阳台上，观赏这“警察抓逃犯”的闹剧……

夏天到了，市里有了新规定：因为鸡鸭容易传染疾病，城市里不准养鸡鸭。一下子，马路旁、弄堂里挂起很多红底白字的大标语——为了健康，不养鸡鸭。

看到左邻右舍都开始杀鸡杀鸭，妹妹哭着跑回阳台，扑在鸡窝上叫着：“不要杀不要杀嘛——”眼泪一串串掉进跳跳柔软的脖颈里。

妹妹搬来只小竹椅，守在鸡窝旁，连吃饭也不离开。里弄干部洪妈妈来查时，妹妹还把跳跳藏在浴缸里，逃过了一关……

可是，市里的规定是无法逃过的。

奶奶和妈妈商量了好几天，最后决定把跳跳送回狗子哥哥的村子。妈妈说，狗子哥哥一定会像妹妹一样疼爱它，而且，妹妹以后还可以去“探亲”呢。

和跳跳分别的日子越来越近。妹妹常常蹲在鸡笼外，看着还什么都不知道的宝贝，喂它最爱吃的肉汤拌饭。

妹妹想起跳跳小时候，喜欢顺着楼梯一格一格往上跳，到了最高一格，使劲“扑啦”几下翅膀，跳上楼梯的扶手，然后，像杂技演员一样，从斜斜的扶手上迈着小碎步下来。

妹妹把跳跳抱到楼梯下，看着它腆着大大的肚子，吃力地一格一格跳上楼梯，可是，到顶了，它却没有跳上扶手——啊，跳跳现在是个庄重的“淑女”，当然不会像以前那样调皮了。

跳跳终于被妈妈装在竹篮里带走了。妹妹的心忽然空了一块。

看到大橱，她想起跳跳蹲在橱顶上的样子；走到阳台上，她想起跳跳把红红的脸伸出鸡笼，在她手心里蹭来蹭去的神情……妹妹想念跳跳，就像妈妈想念她的孩子一样。

以后，妹妹再也没有见过跳跳。她常常想到跳跳，想象着它住的村子，想象着它现在的模样，也常常想，跳跳是否做了妈妈，有了自己一群黄茸茸的小宝宝？

# 手绢裙子

八月，是上海最热的天，马路上的柏油都晒化了，卡车开过，留下黏黏的黑色车轮印。树上的知了也热得叫不动了，叫一声，停好半天。

奶奶把窗户全打开了，屋里还是一丝风都没有。家里没有吊扇，只有一个很老的“华生”牌台扇，旋转时发出“嗡嗡”的叫声。

雪花躺在厕所的瓷砖地上，身子拉得老长，好像生病了一样。

妹妹走过来摸摸雪花的鼻子，走过去又摸摸它的鼻子。

哥哥拉住妹妹，“你干吗？雪花在睡觉呢。”

“我看看雪花有没有生病。小米说，猫如果生病了，鼻子就不凉了。雪花鼻子很凉，没生病。”

奶奶说，不要出去玩，天太热，会中暑的。

可是，在家里，玩什么呢？

奶奶在浴缸里放了些水，让妹妹和哥哥坐在浴缸的边上，把脚伸进水里，凉凉的，很舒服。又给他们一人一杯冷冷的大麦茶。

哥哥拿来一根吸管，使劲往杯里吹。大麦茶滚出一大串气泡，像小金鱼吐的泡泡。

“恶心死了，恶心死了哦。”

妹妹一边叫，一边学着哥哥的样，“咕嘟咕嘟”在杯里吹出好多气泡。

哥哥说：“哎，我们来玩‘潜水’吧？”

他们在洗脸盆里放满水，妹妹狠狠吸了口气，把脸埋进水里。

哥哥大声数着：“……三十一，三十二，三十三……”

一直憋到人都发抖了，妹妹才猛地抬头，水珠子甩了一地和一身。

妹妹和哥哥轮流“潜水”，看谁憋在水里的时间长。一直玩到衣服都弄湿了，才被奶奶赶出卫生间。

妹妹撩起湿湿的小格子布裙，在风扇前转着圈子，让风把裙子吹干。

哥哥挤到风扇前，张大嘴对着电扇喊：

“啊——”

转动的叶片把他的声音打碎了，颤抖得像小羊叫。

妹妹把哥哥挤掉，也对着电扇喊：

“咦——”

妹妹和哥哥你一声我一声，对着电扇喊，比赛谁的颤音更好听。挤过来挤过去，妹妹的湿裙子钩住了抽屉上的铜把手，“刺啦”一声，拉出一个一尺长的口子。

妹妹双手拉着耷拉下来的大口子，跑去给奶奶看。

“口子太大，裙子太脆，不能补了。”奶奶摇摇头说。

妹妹吓了一跳。虽然这是表姐穿过的旧裙子，上面的小格子也洗得有点模糊，但妹妹只有两条裙子，不能补了，她拿什么替换呢？

“你就穿短裤吧。”奶奶说。

可是，只有那些小小孩才穿了短裤到处跑的，妹妹可不想那样。妹妹要穿裙子，那样才像个“大姑娘”呀。

妹妹伤心地哭了。

几天后的一天，妈妈下班回来，神秘地对妹妹招招手。

“快来，我给你买了‘新裙子’。”她说。

妹妹的眼睛瞪圆了。除了过春节，妹妹还没有穿过新衣服呢。“新老大，旧老二，缝缝补补是老三”，妹妹有个比她大三岁的表姐，再加哥哥，妹妹这个老三从来就是穿他俩穿不下的衣服。可现在，妈妈竟然给她买了新裙子！

她屏住呼吸，看着妈妈从包里拿出她的‘新裙子’。

那是几条大手绢——六条白色的，两条绿色的，都是纱的。

妹妹失望地摇摇头。

“穿手绢，小朋友要笑的。”

“小傻瓜，奶奶会把这些手绢变成裙子的。”

奶奶的手很巧，可以把旧的东西变成新的。比如把穿旧的毛衣拆开，洗干净，重新织出不同的花色，搭配出不同的颜色，看上去又是一件新毛衣。或者，把不用的东西变成有用的，像那些没用的碎布，被她粘一粘，剪一剪，一针一针纳成硬硬的、厚厚的鞋底，就可以做新鞋子了。

现在，奶奶又像变戏法似的，正把手绢变成妹妹的裙子。

妹妹看着奶奶用那几块白手绢，剪出一条齐胸的短裙子，又从那两块绿色的手绢里，剪下两条背带，多下的料子，还在白裙子上镶了一条漂亮的绿边。

奶奶告诉妹妹，这几块手绢可便宜了，才八分钱一条，因为手绢的边印坏了。不过，用它们做裙子，却一点也看不出来。

汗水从奶奶的白短褂里渗出来，在后背上画出一个湿湿的圆圈。妹妹拿把芭蕉扇，站到奶奶身后，使劲地替奶奶扇风。

奶奶心疼地看看满脸是汗的妹妹，说：

“宝贝，不用扇，奶奶不热。”

“小米下午从外婆家回来，奶奶一做好我就穿上给她看。”

妹妹扬着汗津津的脸，美美地说，手里的芭蕉扇扇得更快了。

新裙子做好了，可是奶奶说还要等一会儿。她拿来妹妹的帆布凉鞋，把绿色手绢剩下的料子，缝在那两条宽宽的鞋带上。

“看,”奶奶一手举着有绿色背带的裙子，一手举着有绿色鞋带的凉鞋，开心地说，“妹妹有配对的裙子和凉鞋了。”

“配对?!”

妹妹看到妈妈有条围巾和外套“配对”，小米妈妈有双皮鞋和长裤“配对”，妹妹一直以为只有大人才有“配对”的衣服，没想到，自己也会有了“配对”的衣服!

她激动得脸都红了。

她小心地把新裙子套上，又使劲擦了擦脚，穿上“配对”的凉鞋。

她没有像往常那样抱着扶手滑下楼梯，也没有像往常那样蹦跳着跑出家门；像个“大姑娘”一样，妹妹微微扬着头，稍稍挺着胸，一步一步、有点矜持地向小米家走去。

# “开船喽！”

台风来了！

整整一夜，暴雨哗哗地倒，狂风把那些没关紧的门窗吹得忽开忽关，发出“乒乒乓乓”的声响。突然，“砰”的一声，哪家的玻璃窗打碎了……

折腾了一夜，早上，雨竟然完全停了。奶奶一看窗外，叫起来：“啊呀，涨大水了。”

妹妹和哥哥不约而同跳下床，就往外冲。

“早饭！”奶奶伸开两臂拦住他们。桌上有冒着热气的豆浆。

“不饿——”他俩从奶奶腋下一钻，就跳到门口，一边套着凉鞋，一边已往楼下跑。

“小心水里的碎玻璃——”奶奶对着楼梯叫。

没人回答。

妹妹家的地势比较低，每次有台风或暴雨，附近的马路和弄堂就会涨起尺把高的大水。雨水混着下水道倒灌上来的脏水，造成一片混乱。可是，对孩子们来说，涨大水就可以玩、玩、玩，玩平时没机会玩的东西！

哥哥带着妹妹冲出家门，弄堂里已是一片汪洋。脏脏的水面上浮着菜叶、碎木头、塑料瓶，还有一个黄色的塑料小鸭。邻居们都出来了，把裤腿卷得高高的，在大水里“战斗”。

几个力气大的男人，握着一条十多米长的扁竹条，正“哼哧哼哧”地通着下水道；十几个大妈们分成几组，挨家挨户帮着把浸了水的东西搬到干的地方；里弄干部洪妈妈扶着竹梯，让一个师傅把屋顶上吹掉的油毛毡盖好……

马路上行人很少。电车虽然开得像蜗牛爬，还是卷起一条条水浪，冲进马路两边的小商店。小商店里的人正用脸盆、铅桶，吃力地把积水往外排……

正在水里打水仗的阿明一看见哥哥和妹妹，赶忙蹚着水过来。

“怎么玩？怎么玩？”他大声喊，水珠子在赤膊的身上像油一样发亮。

“划船怎么样？”哥哥兴奋地说。

“好啊。划船！划船！”孩子们高兴地大叫。

“船呢？”一个孩子巴巴地问。

“笨啊，洗澡的木盆哪！”阿明瘦瘦的胳膊在空中使劲晃了晃，“赶快回家拿木盆喽——”

哥哥飞跑着，妹妹在后面跟得气喘吁吁。

“哥哥……我们……我们没有……澡盆，怎么……怎么划船呀？”

城市里的多数人家没有浴缸，在一个大大的木盆里盛了水洗澡，可妹妹家有浴缸，所以没有可以做“船”的大木盆。

“没有大船，就找小船好了。”

哥哥边说边奔上晒台，拉出一个小一号的洗衣服用的木盆。

妹妹一看，扑在木盆上：

“我要这个船！我要这个船！”

“你你你……小蚂蚁一个，搬得动这个船吗？”

妹妹捧住木盆，腰就压弯了，踉踉跄跄迈了两步，差点绊了一跤。

“不信我的话？找个小点的船吧。”

哥哥边说边把木盆扛上肩，“呼哧呼哧”地走下楼。

“船”没了，想到自己可能会错过“划船”的机会，妹妹急得又要小便了。她里里外外奔了好几圈，还是什么木盆也没找到。

忽然，她灵机一动——

她搬出一个搪瓷洗脸盆——这个“船”是小了点，大概只能装个雪花，可是，好歹也是个“船”呀！妹妹想了想，又搬来两个铝锅。这些船都很轻，一定能漂在水里。想到有了自己的船，妹妹兴奋地把湿透了的衬衫扯下，丢在地上，只穿了件方领衫，兴冲冲地把她的“船”一个一个搬下楼。

天彻底晴了，露出很干净的蓝天。

斜对面，妹妹看到奶奶和宋婆婆她们正在帮李爷爷搬一个黑色的木箱，她们的步子踉踉跄跄，被又大又沉的木箱拖得东歪西斜。

妹妹趁奶奶没看见，悄悄地推着她的“船”逃了出去。

大弄堂里已聚集了一个“舰队”——洗澡盆、洗衣盆、洗脸盆，木头的、铝合金的，大的、小的、新的、旧的，还有一个人推了块很大的做馒头的砧板。

一个高高的男子正好走过，小心地一脚高一脚低地蹚着水，手里提着双锃亮的皮鞋。

阿明对他说：“我们有船，可以帮你把皮鞋推过去。”

那个男子看了阿明一眼，理也没理他，继续提着他的皮鞋蹚他的水。

孩子们哄笑起来。

不远处，一个妈妈抱着个婴儿，手里还提着个包。

阿明拉起嗓子叫：

“阿姨，要我们把你划过去吗？我们有船！”

孩子们七嘴八舌地叫：

“我们有船！我们有船！”

婴儿的妈妈看看他们，笑着摇摇头。

“哼，不要我们帮忙？我们自己玩。”阿明说。

他想爬进木盆，可是水太浅，他一进去，木盆就搁浅。

“不坐进去也可以玩！”

他叫了一声，就推着他的“船”，撞击旁边的一条“船”。

立刻，大家都推着自己的“船”，一边叫“开战喽，开战喽”，一边互相冲撞。

大木盆力量大，几乎百战百胜。那个“砧板船”被一个大盆一撞，翻过来了，把“船长”压在下面。

在这么多“船”中，妹妹的铝锅是重量最轻的“船”，撞不过任何“船”。不过，不能打仗的船，逃起来却最快。一看其他的“船”来袭击了，妹妹转身一推，铝锅漂出去好远……

大家追啊，撞啊，笑啊，尖叫啊，身上、脸上、头发里都是水。

一个孩子脚下一滑，却一把拉住旁边的妹妹，结果两人一起摔倒，喝了几口脏水。

那个孩子皱着眉瘪着嘴，快要哭了；妹妹却用力吐了两口唾沫，“哈哈哈”笑起来。笑到一半，想起自己的“船”，一回头，看到自己的“船”正向四面八方漂去。她拔腿便追，可是追到东边，西边的又漂走了，拉住了前面的，后面的又逃了……

水退了，妹妹被奶奶狠狠地骂了一顿，因为一个铝锅再也没有找到。在那个处处讲“预算”的年代，一个铝锅是一笔很大的“财富”呢。

虽然如此，直到很久很久以后，妹妹都没有忘记这个美好的夏季里的一天。

# 秋

# 放风筝

爸爸把妹妹和哥哥带到厕所，指着屋顶上那个两尺见方的盖子，说：

“那就是去阁楼的门。我今天带你们去那里玩儿。”

妹妹的家是一幢三层楼的房子，一共住五户人家，妹妹家在最高层。再上去，就是不住人的阁楼。听说要去那个神秘的阁楼，妹妹忍不住又想小便了。

爸爸把一个长长的木梯架在阁楼的“门”上，小心地把妹妹和哥哥拉上木梯。

妹妹踏进阁楼，眼睛一暗，好像进了电影院。黑暗里，一股沉闷的怪味让她鼻子痒痒的。

爸爸打开电筒。

呀，这真是个奇怪的地方——阁楼是三角形的，中间高，两边往下斜。地上没有地板，只有一条条的木槽。朝南的那面嵌着一扇简陋的木头窗，可是没有玻璃，厚厚的三夹板堵住了窗外的灿烂阳光。

“爸爸，我们好像在匹诺曹住过的大鲸鱼肚子里哎。”妹妹压着嗓门敬畏地说。

爸爸打开那扇没有玻璃的木头窗——阳光一下子扑了进来，把妹妹吓了一跳。她看到成千上万的尘粒正在一道一道的光里飞扬舞蹈。

爸爸搀着妹妹和哥哥跨过一格一格的木槽，来到窗前。

“哇——”妹妹和哥哥不约而同叫起来。

下面，就是弄堂吗？可是，弄堂怎么这么小呢？王大妈门前的那口井，小得像个脸盆；本来那么庞大的三角形垃圾箱变成了一个玩具房子；啊呀，那几个跑来跑去的是阿明他们，看上去比小鸡还小……

妹妹把手臂伸出窗外，风把她的衣袖吹得鼓鼓的，额上的刘海跳着舞。

“怎么样，好玩儿吗？”爸爸问。

“太好玩了——”妹妹对着风大叫。

“嗒嗒——”像变戏法似的，爸爸从身后拿出一个绿色的蜻蜓风筝。

“啊，我们在这儿放风筝?!”妹妹尖叫着，“太好玩！好玩死掉了！”

妹妹和哥哥都爱放风筝，可是却不容易找到一个放风筝的地儿。

妹妹家周围的街道很拥挤，电车和自行车来来往往，像割不断的流水。附近有个小公园，可是除了一座矮矮的石头山和一些树木，里面没有开阔的草地。所以，稍稍有风的日子，小朋友们只能挤在弄堂里放风筝。

弄堂挺窄，三个孩子撑开双臂，指头连指头，就把弄堂占满了。风来了，大家拉着风筝奋力地跑，好不容易把风筝放上去了……啊呀，风一偏，风筝就撞在墙上，一个跟头栽下来；有时更糟，缠在两侧的高压线上，便“牺牲”了。

有的孩子爬上屋顶，坐在屋脊上放。不过奶奶不让，说万一摔下来，就算没死也会断了胳膊或折了大腿。没想到，爸爸想到来这个小阁楼里放风筝，爸爸真是太天才了。

妹妹从尖尖的阁楼顶望出去，一排排的屋顶像大海的波浪，连绵起伏；前后左右没有高高的建筑物遮拦，一阵风吹过，发出口哨般的“嘘嘘”声。

天很蓝，几抹淡淡的白云像烟一样无形无状地飘着。

爸爸拿起蜻蜓风筝——大大的翅膀是绿色的，中间细细长长的身子是红色的，鲜艳极了——他高高举着风筝，等着，等着，一阵风过来，他把风筝扔进空中。

风筝翘趄着，爸爸拉住风筝线，手一抖一抖。

“这样，风筝就能‘吃到风了’。”爸爸很有经验地说。

“爸爸，风筝吃饱了，才能飞得很高，是吗?”妹妹问。

爸爸开心地笑了，笑得很响。

风筝一跳一跳地往上蹿，过了一会儿，像一匹驯服的马，不再挣扎了。绿色的风筝，就像一只大鸟，平稳地翱翔在空中。爸爸让哥哥左手拿着线轱辘，右手控制着放线。

“想听风筝的故事吗？”爸爸说。

“想听想听。”

“很早很早以前哪，有一个农民……”

妹妹连忙说：“狗子哥哥的爸爸就是农民，他种菜。”

“对，农民种菜，也种粮食。”

爸爸帮哥哥又放出一些线，风筝飞得好高，比隔壁纺织厂高高的黑烟囱还高。

“有一天，这个农民正在走路，一阵风吹来，把他的草帽吹掉了……对对，妹妹也有顶草帽。草帽上不是有根带子，可以套在脖子下面吗？对，就是那样。风一吹，带子套着他的脖子，可是草帽在空中飘来飘去，像跳舞一样……”

妹妹想到在空中跳舞的草帽，便“咯咯咯”地笑起来。

“是很好玩，那个农民也觉得好玩，以后，他就经常把草帽的带子拉在手里，让草帽在风中跳舞。后来的人呢，就根据这个道理发明了风筝。”

妹妹把手罩在眼睛上，看着那只绿色的蜻蜓在蓝天中

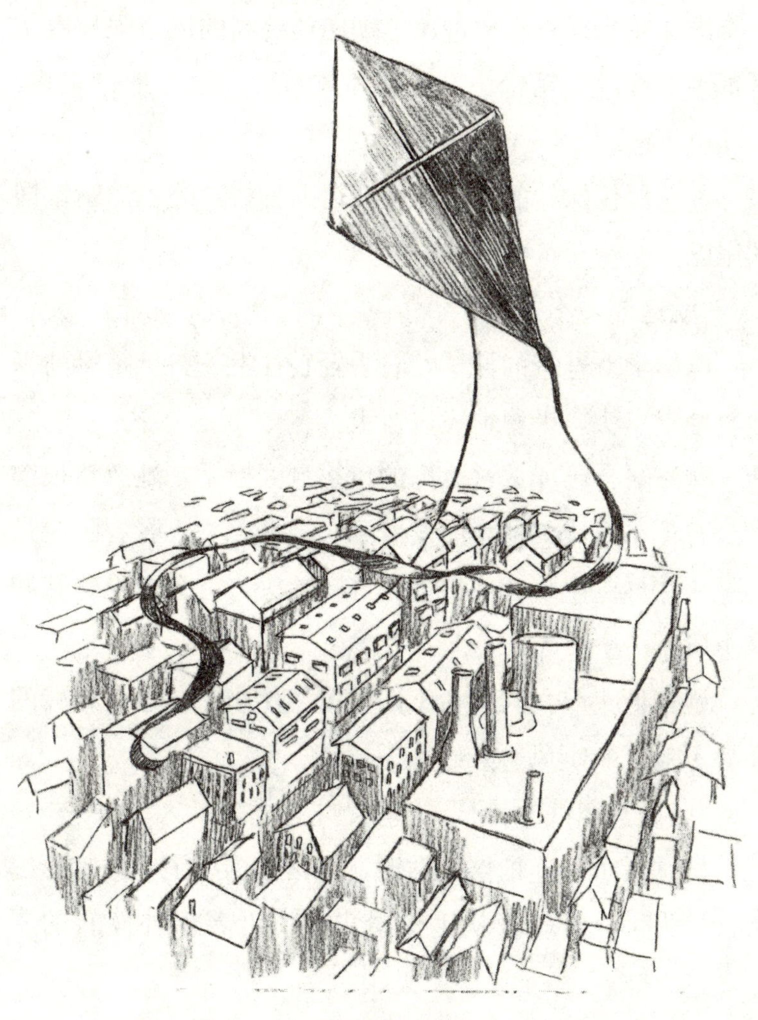

飞翔，想着那顶草帽。

“爸爸，我也要放风筝。”

妹妹还从来没有放过比黑烟囱还要高的风筝呢！她从哥哥手里接过线轱辘，右手握住风筝线，紧张地挺着腰，一动也不敢动。

爸爸握住妹妹的右手，轻轻往上一抖，绿色的蜻蜓摆摆尾巴。

“就这样，不紧张。”

妹妹学着爸爸的样子，右手轻轻往上一抖，蜻蜓高兴地对她点点头，平稳地飞进蓝天。

妹妹对自己能放这么高的风筝自豪极了，她忽然很懊丧没有让小米或其他小朋友看到。她低下头，看看阿明是不是还在弄堂里玩，或许他正好一抬头，就会看见妹妹和这个风筝……

她正低头寻找阿明，不知是风忽然小了，还是妹妹的姿势不对，蜻蜓风筝开始往下掉。

“收线！摇线轱辘！”爸爸大叫。

妹妹慌了，连忙摇线轱辘，可轱辘摇反了……越急越慌，一失手，线轱辘从手里滑出去，沿着窗外倾斜的屋顶，“咕噜噜”一下就滚不见了。

爸爸急忙用手收线，可是太晚了，绿蜻蜓慢慢盘旋了几下，一头栽进那波浪般的屋顶里……

“爸爸爸爸，快看——”哥哥大叫。

大家抬头，看见一队排成“人”字形的大雁，正划过蓝色的天空，飞向远方。

# “今天风好大！”

盼星星，盼月亮，妹妹终于来到了“大世界”。

一进门，妹妹就兴奋得喘不过来气来了——五颜六色的游乐场，琳琅满目，简直像个万花筒。

妹妹看到一个很大很大的舞台，上面一个长着翅膀的“天使”被一根钢丝吊着，在空中慢慢地“飞”，一边翩翩起舞，晶莹闪亮的长裙好看地飘动。忽然，“天使”向前一翻，从空中掉下……

妹妹惊叫了一声，可是，“天使”却被两个站在地上的大汉稳稳接住。

观众们拍着手，高声喝彩。

……

妹妹走过各式各样的房间，看见有的人戴着漂亮的头饰、挥舞着宝剑在唱戏；有一个人双手举着二十多根棍子，每根棍子上有个转动的碟子；魔术师用黑布把捆在椅子上的人罩上，灯一闪，黑布拿开，捆在椅子上的人却不见了……

这时，她看到一个大厅里，好多人站在几个大镜子前“哈哈哈哈”地大笑，笑得太厉害，竟蹲到地上，不断地擦眼泪。

妹妹奔到一面镜子前。

里面是个奇怪的女孩，矮极了，胖极了，啤酒桶一样的腰，又粗又短的腿，脸好像压扁了的皮球，眼睛、鼻子、嘴巴都挤在一起……妹妹从没见过这么丑的女孩。可是，仔细一看，那个“很矮很胖”的丑女孩原来竟是自己。

“哈哈哈哈——”妹妹忍不住大笑起来。

每个镜子都不一样，有的把人照得又细又长，像根竹竿，有的把人照得像波浪一样不停地扭动……妹妹一个镜子一个镜子照着，无法停止大笑，直笑到小便憋不住了，才飞跑着出去找厕所，一路上还“哈哈哈哈”地笑……

那把绿色的油纸伞就挂在长廊最后那个店的门口。伞面上几只黄色的小鸭，排成一队，正跟着鸭妈妈摇摇摆摆地走着。

妹妹从看到这把伞的第一眼，就爱上它了。她钻到伞下，仰着头看着那些好像马上要走下来的小鸭，又伸出手摸摸抛过光的伞柄。

“真滑呀!”她叹息。

妹妹把妈妈拉来，指着伞说：

“妈妈，我要这个。”

妈妈摘下伞仔细看了看，小声告诉她，这伞虽然好看，但是太单薄，很容易弄坏。

“妈妈给妹妹买别的东西。”妈妈拉着妹妹朝外走。

妹妹挣脱了妈妈，转身，又跑回伞下。

“可是，我怎么那么喜欢它呢?”她转身对妈妈说，“妹妹不要其他的东西，妹妹只要这个。”

口气坚决，没有商量余地。

妈妈折回来，拿起伞看了看价格，再次把伞放下，拉起妹妹就走。

“我就要这个嘛，就要这个……”妹妹扭着身子挣扎，“奶奶说过给我和哥哥每人买一样东西……说过的……”

妈妈弯下腰，说：

“但是奶奶说过我们有‘预算’，妹妹听到的，对吗?”

妹妹停止了叫喊。奶奶是说过，“大世界”的门票挺贵，除了午饭和饮料，哥哥和她只能买一样有“预算”的东西。

“那么……这次不‘预算’可以吗?”妹妹问，眼泪在眼眶里打转。

“不‘预算’钱就不够了，妹妹以后就不能吃点心了。”

妹妹跳起来，拉住妈妈的手臂。

“那么妹妹今后再也不吃点心呢，妈妈？”她使劲摇着妈妈的手臂央求，“妹妹今天午饭不吃了，零食也不买，回家时电车也不坐，把钱都省下，妹妹就可以有‘预算’了，可以买伞了，好吗？”

看着妹妹眼里闪烁的泪珠和那么期盼的眼光，妈妈心软了。她买下了那把伞。

妹妹每天把她的宝贝伞拿出来，撑着在屋里走来走去。哥哥说“在房里撑伞要变矮子”，她也不在乎。

终于下雨了。妹妹兴奋得像过年一样，早早就穿好了衣服，套上雨鞋，拿起绿色的油纸伞，准备去幼儿园。

“妹妹一定要把新伞带去幼儿园吗？”奶奶问。

“当然喽。”妹妹说。

“那要小心哟，不要弄坏了。”

“才不会呢。”

话没说完，她已连蹦带跳地冲进雨里。

下午，雨住了。

下课后好半天，妹妹才回家。

她慢慢从身后拿出那把绿色的油纸伞——漂亮的小鸭好像掉进泥塘了，身上一摊摊的脏，最伤心的是，精致的伞柄从中间断了，像垂下头的向日葵。

“伞被风吹断了……”妹妹睁大眼睛，急急地对奶奶说。

奶奶接过耷拉着的伞，仔细看了看妹妹，只说了一句：

“哦，今天的风可真大呀，把伞都吹断了。”

看到奶奶没有追问下去，妹妹松了口气，快快地走开了。

整个下午，妹妹都显得心不在焉。她一会儿过来摸摸奶奶的手，一会儿又来伏在奶奶的腿上，但不等奶奶说话，便又急急地走开了。

最后，当黄昏来临时，她走到正弯着腰拣菜的奶奶身边，把头钻在奶奶怀中，小声说：

“奶奶，风没有吹……我们玩……后来掉到地上……我踩到了一点点……就断了。”

虽然妹妹说得前言不搭后语，但奶奶知道她在说什么。奶奶用手臂拥住她，小声在她耳边说：

“原来是这样啊，下次可得小心哦。”

虽然，美丽的油纸伞没有了，妹妹觉得很可惜，不过，因为已经告诉了奶奶“其实不是风吹的”，她心里反而不那么难过了。

她想，如果下次再有一把漂亮的伞，她一定不会再让它掉在地上。

# 哥哥的秘密

饭锅在炉子上冉冉冒着蒸汽，妹妹小心翼翼地把收集来的糖纸一张一张贴在热热的锅盖上，熨平上面的道道皱纹。

就在这时，从开着的窗户外，她不小心听到了哥哥的“秘密”。

“石灰买好了，好重哦。”

尽管压低了嗓子，妹妹一听就知道那是哥哥最好的朋友安安。

“我把它藏在楼梯的肚子下面了，呵呵……”

哥哥、安安和胖子沈闵已经在厕所里好半天了，神秘兮兮地。

妹妹不懂什么是“石灰”，更不懂石灰加上水和明矾就可以把墙刷得很白。

“喏，这是刷子和抹布，我们家上次刷墙用下的。”

沈闵长得高大，嗓门也大。

“轻点，轻点!”哥哥的声音。

声音变小。妹妹踮起脚，把头凑到窗边，使劲听着。

听了一会，妹妹总算有点明白了：哥哥他们要“偷偷地把教室的墙刷白”，让同学们“有个大大的惊喜”。

听上去，他们好像已经为这事策划了好久，除了工具和材料，哥哥还侦察了学校何时关门何时开门，想好了如何“潜进学校”的每一个步骤。

“这是秘密，什么人都不能说。”哥哥的声音很严肃。“星期天早上七点，学校门口见。记住了，秘密！秘密!”

妹妹连糖纸也顾不上收，一个大转身，直冲厕所，和沈闵撞了一下，把他手里的东西稀里哗啦撞撒了一地。

“我也要去!”她大声说。

“去……去哪儿?”哥哥问，一边慌忙拾起地上的东西。

“去秘密!”

哥哥飞快地瞟了他的同伴一眼，压低声音说：“你说什么？我听不懂。”

“那个……那个灰……”妹妹说不清，双手比画了个很大很大的圆，大概是指大大的教室。“就是用灰把墙刷得很白很白。”看见哥哥吃惊的表情，妹妹得意地笑了，扳下哥哥的头，凑在他耳边压低了嗓门，“我一个人也不告诉。”

奶奶弯着腰，专心地把煤饼点燃。一股黑烟蹿出，她把头埋进肘弯，大声地咳嗽。

妹妹在她旁边蹲下。

“奶奶，我要告诉你一个秘密。”她从奶奶的肘下往上看。

奶奶咳嗽着。

“不过你不可以告诉别人。”

妹妹说得斩钉截铁。在她看来，如果奶奶不告诉别人，那就等于她什么人也没告诉。

眼泪随着猛烈的咳嗽滚在奶奶脸颊上。奶奶推开妹妹，边咳边说：

“快到旁边去……不要……呛着了……”

雪花正舔着爪子洗脸。

妹妹在它身边趴下，神秘兮兮地说，“想知道‘秘密’吗?”

雪花看了妹妹一眼，又继续舔它的爪子。

妹妹迟疑了一下，说，“我们……没有……要去刷墙……”

哥哥一个箭步冲过来，把妹妹拦腰抱起。

“我又没说我们去刷——”妹妹在哥哥怀里踢着双脚，不服气地挣扎。

怀着紧张和神秘，星期天终于等来了。

哥哥告诉妈妈，他和妹妹去公园抓两个蝴蝶做标本。

七点整，他们来到校门外。

沈闵背着个鼓鼓的包，安安抱着用被单裹着的大铁桶，站在学校门口东张西望。妹妹挣脱了哥哥的手，拔腿就跑。

“秘——密——！我们要去秘密了呀!”她兴奋地挥舞双臂，边跑边叫。

哥哥几步赶上，一把拽住她的后领，从牙缝中一字一顿地说：

“知道带你来就事儿多。你再这样，我把你送回去。信不信?!”

哥哥向另外两位挥了下手：“快过来，我们假装玩，不然过路人肯定怀疑我们要偷东西或者干什么坏事。”

可是大家都玩得心不在焉，眼睛瞟着过路人，心怦怦乱跳。一看到周围没有行人了，哥哥果断地叫了声，“快!”

他飞快地靠住墙根，灵巧敏捷的安安踏着他的肩膀翻上围墙，然后“噗”一声，落在学校的院内。

“行吗?”哥哥把头贴在铁门上问。

安安没有回答，不过开始拉门闩，生锈的金属发出“吱吱呀呀”的呻吟。

“啊呀，轻点！”哥哥压低嗓门叫。

终于，门闩拉开了，门缝里露出安安紧张的脸。

“快！跟上！”哥哥发着命令，听上去和电影里一样。

四个人都进来了，哥哥立刻从里面把铁闩拉上，大家不约而同呼出口长气，互相看了一眼，眼神里充满喜悦。虽然还没开始刷墙，这第一步的成功已预示着大功告成一半。

哥哥三步并做两步跳上台阶，正要冲进教室，却“呃——”了一声，戛然停住。

原来，教室的门从里面闩住了。

哥哥使劲摇着锁住的门。

“咦，我每次来做值日生，门都开着的呀?”

“那一定是校工阿姨开的，她每天很早就来学校了。”安安说。

虽然没人责怪哥哥这个不够格的侦察员，可眼看计划就要泡汤，哥哥急得脖子都粗了。

忽然，沈闵指着门的左边叫道，“看——”

门的左边有块玻璃窗是空的，那是男生们踢球的成果，老师还没来得及安上新玻璃。

“天无绝人之路。看我的。”

沈闵得意地把手伸进去。可是，空玻璃窗离门闩太远，沈闵把身子转来转去，又把左手换成右手，还是够不到门闩。

大家正束手无策，哥哥叫了声，“有办法了!”

他在妹妹跟前蹲下，看着她的眼睛说：

“你不是喜欢我们的秘密吗？今天，这个秘密全靠你了。”

哥哥的口气既严肃又温柔，还带着点恳求，是妹妹从来没听到过的。

他把妹妹推到那块空的玻璃窗前，朝她严肃地点点头，命令道：

“钻进去!”

妹妹看着那块玻璃窗，轻轻后退了一步——那么小的洞，自己会不会像雪花一样“牺牲”在那儿？

“小妹，如果你成功了，你就是最伟大的英雄。”沈闵重重地拍了下妹妹的头，在她头皮上留下一阵麻酥酥的感觉。

“妹妹，如果你钻进去，我送你一把最漂亮的糖纸，嗯？”安安说。

妹妹被他们的信任感动了。为了报答这么如此厚重的信任，哪怕像雪花那样被夹住，她也心甘情愿了。

玻璃窗很窄。妹妹侧身90度，双臂夹紧头，钻进窗框。哥哥和他的朋友们抬着妹妹的腿，让她一脚一脚蹬着往前蹭。

手臂卡在铁的窗框里，每往前蹭一下，臂上就火辣辣

一下。可是妹妹咬着牙，一声不叫。她想到钻进教室后，把门打开，哥哥他们叫着，笑着，把她抱起来扔到空中……

她激动地浑身一激灵，忽然叫道："我要小便——"

教室的门最后是打开了，哥哥他们也成功地把教室"刷得好白"。（如果把身上脸上溅满了石灰并被妈妈骂的那段忽略不计。）不过，妹妹卡在玻璃窗框里"要小便"的故事也被传了好长一段时间。

# “造”新衣服

妈妈今天要“造”新衣服了！

这是怎么回事？为什么妈妈不“做”新衣服，而要“造”新衣服呢？

原来是这样的。

因为“预算”的关系，不是每个孩子都能穿新衣服。妈妈常说，“新老大，旧老二，缝缝补补给老三。”就是说，老大穿不下的衣服，老二穿；老二穿不下了，补一补，再给老三穿……妹妹虽然不是老三，但有个表姐，经常把穿不下的旧衣服给她和哥哥，所以，妹妹通常都穿“缝缝补补”的衣服。

不过，虽然是旧衣服，妈妈总会想办法，让妹妹和哥哥穿得漂亮一些。

比如，在旧衣服上贴两块不同颜色的口袋，或是在袖口领口上镶条漂亮的绲边。最令人惊讶的是，妈妈还会染衣服，旧衣服一染，变了颜色，看上去又是新的了。

这就是妹妹说的“造衣服”。

今天，妈妈帮妹妹“造”的是一条浅咖啡色的灯芯绒背带裤。这是哥哥穿下来的，膝盖上有两块补丁，裤腿边上的绒都磨掉了。

妹妹记得，这条裤子还挺新的时候，哥哥有一天在弄堂里玩“跳山羊”。那天阿明做“山羊”，弯下腰，双手撑着膝盖，让大家一个个从他身上跳过去。轮到哥哥时，阿明故意很响地咳嗽了一声，哥哥吓了一跳，摔下来，把裤子磨破了。

所以，哥哥的裤子上就有了这两块补丁。

妈妈把膝盖上的补丁和背带上的扣子拆了下来，把裤子洗干净。

妹妹看着妈妈把一个大面盆盛了水，放在炉子上烧。她拉拉妈妈的衣角，说：

“妈妈，我想要粉红色的。”

可过了一分钟，她又改主意了。

“妈妈，我要奶黄色，像蛋糕的颜色一样。”

又过了一分钟，她说：

“荣荣的裤子上有个小熊，妈妈可以帮我‘造’一个小兔子吗？”

妈妈笑笑，打开一个小纸包，把里面的粉倒进烧开的水里，一边用根棍子搅着，一边把妹妹的裤子放进盆里。

“不管什么颜色，一定会很漂亮的，”妈妈说。

妹妹很期盼，在妈妈旁边跳跳蹦蹦，开心极了。

妈妈往水里倒了一勺醋，继续用棍子不停地把裤子搅啊搅。

“妈妈，要造糖醋裤子吗？”妹妹问。妈妈烧糖醋辣椒时就放了味道很重的醋。

“不是‘糖醋裤子’，是‘醋裤子’，”妈妈笑了，“加了醋，染上去的颜色就不容易掉了。”

水“咕嘟咕嘟”地滚着，散发出浓浓的气味。

妈妈说：“染衣服时味道很难闻，妹妹出去玩一会儿吧。”

于是，妹妹蹦跳着去找雪花玩。

妹妹把雪花的前腿举起来，让它伸一个很长很过瘾的懒腰。又拿出一片塑料包装纸，上面有很多气泡。她把气泡一个个挤破，发出“啪啪”的声响，让雪花听。

“等我把这上面所有的气泡都挤破了，我的新裤子就造好了。”

雪花用爪子挠挠包装纸，好像听懂了妹妹的话。妹妹说：

“新裤子造好了，我第一个就给你看，奶黄色的背带裤，可漂亮了，上面还有两个小白兔。”

塑料包装纸上所有的泡泡都挤破了，妈妈还没造好新裤子。

“我再单脚跳一百次，裤子一定造好了。”

妹妹提起一只脚，用单脚跳着：“一、二、三、四、五……”

终于，妈妈说“好了”！妈妈把背带裤从盆里捞出来，放在水龙头下冲着。

可是，妹妹看到的是一条深咖啡色的裤子，不是“粉红的”，也不是“奶黄的”。

“咦——怎么是这个颜色？”妹妹不懂。

“这个颜色很漂亮啊，像巧克力。”

自来水哗哗地冲。

“可是，我不要‘巧克力’呀，我要蛋糕嘛——”

妹妹伤心地把头转过去。她心里想好的新裤子可不是这样的呀。

妈妈放下手中的裤子，把妹妹拉到跟前。妈妈告诉妹妹，“造”的新衣服只能是比较“深色”的，否则原来的颜色就要“露出来”了。

“不过，妈妈可以给妹妹在膝盖上‘造’两只小白兔。奶黄色的小白兔，像蛋糕的颜色。好不好？”妈妈刮了一下妹妹的鼻子，问。

妹妹半信半疑地点点头。

妈妈用奶黄色的布剪了两只小白兔，缝在裤子的膝盖上，把原来的破洞遮住了。

“奶黄色”的小兔子，竖着长长的耳朵，它们的眼睛、鼻子和裂开的嘴唇是红色的线勾的。妈妈又在破旧的裤腿边镶了一个绲边，也是奶黄色的。

妹妹笑了，她很喜欢这条巧克力色的新裤子。她相信，无论谁看了，都会说，这是一条很漂亮的背带裤。

# "挑担子的来了！"

妹妹正吃着早饭，听到外面有人喊，"挑担子的来了——"她放下碗，嘴没擦，鞋没换，拔腿就往楼下冲。

一路上，妹妹看到袖子只套上一个的阿明，趿着木拖鞋的荣荣，正梳着小辫的小米，纷纷从自家门里出来，往弄堂里跑，一边还互相问着："今天来的是什么?""今天来的是什么?"

"挑担子的"就是那些走街串巷修东西的人。因为东西坏了，不能轻易扔掉，修一修，补一补，又可以用上几年。

所以，修棕绷的把松了的棕绷重新拉紧；弹棉被的把旧的棉被弹松；修伞的把滑出来的伞面一块块缝回去；修脸盆的在漏洞处焊补一块；鞋跟掉下了，重新装回去……连用完了的牙膏管子，都可以从挑着担子收旧货的人那里换上几分钱，或是一粒糖。

今天“挑担子”的是个修碗的爷爷。

修碗的爷爷用两根小金属棒“叮叮”地敲着，一家一户挨着门吆喝：“补碗——喽——”

孩子们前呼后拥地跟着老爷爷一条支弄一条支弄地跑，争先恐后地学着他拉长声音叫：“补碗——喽——”

孙奶奶招招手叫住老爷爷。

孙奶奶是弄堂里织毛衣大王，毛衣织得特快，还能织出各种花样。可是，妹妹却有点怕她，因为她坐在门口织毛衣时，脸老是拉得长长的，而且，她的手指又粗又弯，像个老树根，好可怕。妹妹不知道，其实孙奶奶患了类风湿关节炎，所以骨头都变形了。

孙奶奶拿出一个碎成两片的白底蓝花碗。

“这碗是我儿子从景德镇买来的，很稀罕的，您看看能补吗？”

老爷爷仔细看看碗，笑呵呵地说：“成啊。”

爷爷说，只要碗没有摔得太碎，而碎片完整无缺，他就能把碎碗“破镜重圆”。

孩子们围着补碗爷爷。

爷爷在碎片的边沿抹上些瓷泥，把裂片照原样拼好，然后用一根长线来来回回地扎紧。他把扎好的碗夹在大腿中间，便沿着裂缝的两边钻孔。

妹妹最喜欢看的就是补碗爷爷钻孔。爷爷把袖珍钻头对准要钻的位置，轻轻拉起那张只有手掌大的小弓，“咕吱咕吱”地牵动着钻头快速转动着，一会儿，裂缝的两边就出现两排小孔。

看了一会儿，阿明和荣荣没有耐性了。

“妹妹，我们玩球去吧？”

妹妹虽然个子小，但她不怕摔，是“球队”的主力。

“不去，我要看修碗。”妹妹头也没回。

“真不去？那下次也不带你玩了。”阿明声音提高了。

“不去！”妹妹拒绝得很干脆。

阿明和荣荣快快地走了。

补碗爷爷钻完洞，撩起围裙擦了擦手，说：

“钻孔啊要软中带硬，硬中带软。钻得太厉害，碗就碎了，可是钻得不够，又打不出洞。”

他将一个个扁长的铜搭钉入裂缝两边钻好的孔里，用一把小巧的榔头轻轻敲打几下，破碎的碗就连起来了。

那些小小的铜搭整齐地排成一排，像一条精致的蜈蚣，好似为碗添了一道独特的装饰。妹妹歪着头，崇拜地看着补碗爷爷：能把一个碎成两片的碗变成一个，多神奇啊。

剩下最后一道工序了：用调成糊状的瓷粉把一个个钻口填平。然后，当场盛水试验，如果滴水不漏，碗就补好了。

就在这时，妹妹听到阿明的叫声：“一、二、三！”她还没明白是怎么回事，便被小米撞了一下，她便摔在老爷爷身上。“当啷”一声，老爷爷膝盖中的碗掉在地上，摔碎了。

妹妹看着摔成好多片的白底蓝花碗，傻了。她回头一看，周围的三个孩子都摔倒了，阿明和荣荣正压在他们身上。原来“一、二、三”就是阿明和荣荣往他们身上撞的口令。

老爷爷也吓了一跳。他指着地下的碎碗，大声骂阿明和荣荣：

“小赤佬，赔！你赔我！”

阿明没有想到会把碗摔碎，他也傻了，慌慌忙忙跪在地上，一片一片拾碎碗。

老爷爷举着碎片，气急败坏地说：

“他住哪儿？去叫他妈妈来赔。谁去叫？”

阿明急了。“不要叫……不要……”他抬头嗫嚅着，眼泪在眼眶里转。

阿明的妈妈不工作，常常两腿叉开坐在家门口，自言自语。听说，她有精神病，因为吃药，身体变得很胖，足有200斤。弄堂里如果有人惹她生气了，她会大声骂上几个星期，骂得整条弄堂都听见。阿明自然是逃不过的，她经常大声骂他，有几次还拿着扫帚满弄堂追着打他。如果她知道今天阿明闯的祸，狠狠一顿打是免不了的。

妹妹为阿明担心了。

虽然她讨厌阿明的恶作剧，虽然她的手在老爷爷的凳子上擦了一下，很痛，可是，如果阿明真让他妈妈打一顿，那还是挺难过的。

她拉了拉老爷爷的衣角，说：

“爷爷等一下，我奶奶有碗，我去要。”

说完，转身往人群外挤。

孙奶奶拉住了她。

“算了，本来就是破碗，不要赔了呀。”她装出很凶的样子，敲了一下阿明的头：“下次再这样，就不饶你了。”

修碗爷爷走了。

妹妹觉得修碗爷爷真好，他没有赚到一分钱，但他走时还是笑呵呵地对大家挥挥手。孙奶奶更好，宝贝碗摔碎了，但她没有骂妹妹，也没有骂阿明。

妹妹忽然觉得孙奶奶挺可爱的，她像树根一样的手也不那么可怕了。

# 对不起，鸟妈妈……

“哥哥快来，哥哥快来……”

妹妹从阳台上冲进屋子。

“没看见我在忙吗？找雪花玩去。”

哥哥正在纸上画很多条腿，说是要剪下折成一个很大的蜘蛛。

“花盆里生了两个蛋！真的，骗你你就把我的玻璃弹子拿去。两个蛋，白色的！”

哥哥狐疑地抬头看看妹妹，猛然扔下铅笔，和妹妹抢着冲向阳台。

一个大大的花盆里，紫红的鸡冠花都开了，浓烈得像泼在空中的颜料，鲜艳极了。

“这里。”妹妹压低嗓子说。

哥哥弯下腰，伸长了脖子——哈，真的是两个白色的蛋哎，小小的，像两个杏子。

哥哥拿起一个，轻轻地托在手心。

“没骗你，是真的蛋吧！”

妹妹高兴地用食指触触那个蛋。

“你说，这蛋是从哪里来的呢？”她上下左右打量着。“是老鼠拖来的？还是从树上掉下来的？”

两只灰色的斑鸠从东边飞来，绕着阳台转了几圈，又飞走了。

“哎呀，这是鸟妈妈下的蛋呀。你看你看，那就是鸟爸爸和鸟妈妈——”

哥哥指着渐渐飞远的两只鸟叫起来，它们的腹部露出淡淡的粉色。

“鸟爸爸？鸟妈妈？”

妹妹的声音里充满敬畏。没想到，那两只经常在阳台上跳来跳去的斑鸠，居然是这些宝宝的爸爸妈妈！想到将有两只小鸟在阳台上出生，妹妹激动得不停地蹦跳。

“啊呀，”妹妹忽然停住，“花盆这么小，鸟妈妈怎么养小鸟呢？”

“应该可以吧，不然它们为什么把蛋生在这里？”

哥哥把手里的鸟蛋放回花盆里，又去画他的蜘蛛了。

妹妹心神不定极了。她在花盆前踱来踱去，想着鸟妈妈和鸟宝宝的问题。她忽然想起以前奶奶曾用一个草包为鸡妈妈做了一个窝，让鸡妈妈舒舒服服地在里面孵小鸡。

“对呀，替鸟妈妈做个窝!”

她冲进来告诉哥哥，可是哥哥对鸟妈妈的产房不太感兴趣，妹妹便自己干开了。

她打开碗橱：不行，竹篮太硬。

她拉开一个个抽屉：嗯，这个垫子大得像条船，鸟妈妈会冷。

她又打开衣橱……看到了一个旧的棉帽子。

“嗯，这个不错，鸟妈妈坐在里面一定很舒服。”

妹妹兴奋地跑到阳台上，小心地把鸟蛋从花盆里移进棉帽子。然后，举着棉帽子，找来找去，最后决定把它放在妈妈放花盆的铁架子上。

“嗯，这里比较亮，鸟妈妈好找。”她很满意地想。

奶奶一回来，妹妹马上拉着她看阳台上的新发现。奶奶一看妹妹做的鸟窝和鸟窝里的鸟蛋，倒抽了口气：

“啊——”

妹妹睁大晶亮的眼睛，看着奶奶。

“鸟蛋是不能动的，”奶奶说，“一搬动过，鸟妈妈就不会回来孵小鸟了。”

妹妹不敢相信她的耳朵。

“它不要小宝宝了吗?”

“因为它觉得那个窝不安全，所以它就会飞走。”

“那么蛋里的小鸟怎么办?”

“这些蛋……就不会变成小鸟了。”

奶奶犹豫了一下，还是把这个残酷的答案说出来了。

“啊?!那我把它们搬回去！现在就搬，奶奶帮我。”

妹妹摇着奶奶的胳膊，快要哭出来了。

奶奶摇摇头：

“太晚了，一动过就不行了。”

妹妹“哇”地哭了。她万万没有想到，因为她，这些小宝宝永远不会出生，永远见不到它们的爸爸妈妈了。她的心碎了。

奶奶不忍心看她伤心，把鸟蛋搬回了花盆。

“我们试试。万一鸟妈妈改变想法，回来看看呢?”

每天，一放学，妹妹第一件事就是跑去看鸟妈妈有没有回来。

一天，两天，三天，四天……鸟妈妈真的再也没有回来。妹妹知道，这两只鸟蛋，不会变成小鸟了，永远不会变成小鸟了。

妈妈帮着妹妹把鸟蛋埋在鸡冠花的花盆里。她说：

“虽然这些蛋变不成小鸟了，说不定鸟妈妈会来花盆看看，那是它生下鸟蛋的地方啊……”

不知是不是鸟蛋变成了肥料，鸡冠花长得更茂盛了。妹妹常常摸摸鸡冠花，说：

“如果鸟妈妈回来，一定要告诉它，它的宝宝们就住在这里。”

# 两块牛肉

灯关了，月光从窗帘的缝里漏进来，在妹妹和哥哥的双层床上画了几个小星星。

睡在下层的妹妹“忽”地翻身坐起，在黑暗中睁大眼睛问：

“奶奶，我们中秋节真的要吃红烧肉了吗?”

“妹妹，这个问题你今天晚上已经问过一百次了，”妈妈说，“再问，我们就不吃了。”

“奶奶和妈妈会骗你吗？真是的!”哥哥在上层用脚踢了一下床。“我们要吃红烧肉啰——红——烧——肉!红——烧——肉！红——烧——肉!”他兴奋地踢着床板。

小时候，妹妹很多东西都不吃：绿颜色的如菠菜、芹菜“不要刺——”（那时候她还发不出“吃”的音）；红颜色的如胡萝卜、红辣椒也“不要刺——”；牛肉“不要刺——”;牛奶“不要刺——”；连菜里加了几根青葱，也

“不要刺——”

有一次，幼儿园里吃菠菜。

妹妹看看菠菜那个红红的根，说像妖怪，好怕人。

穿连衣裙的刘老师说：“可是，不挑食的宝宝才会长高，长得结实，长得健康。”她转身问大家：“小朋友，你们喜欢长得结实，长得健康吗?”

“喜——欢——”

小朋友们扯着嗓门叫；妹妹把脑袋缩进双肩，难为情极了。

看着小朋友们开心地吃着菠菜，妹妹在小椅子上不安地蠕动着，不知如何是好。

忽然，她有主意了。

她低下头，把前襟下方的口袋打开，悄悄把菠菜一勺一勺舀了进去……

后来，情况就变了。

妹妹四岁时，因为“好多好多的旱灾和水灾”，吃的东西、用的东西一下子紧张了，什么东西都得凭票供应：买米要粮票，买蛋要蛋票，烧菜的油要油票，糖要糖票，鱼要鱼票，布要布票，肥皂要肥皂票……连火柴也要火柴票。如果票证用完了，就得等到下个季度拿到新的票证才能买。

于是，奶奶煮饭时加很多水，米饭变成了粥；或者把面粉加上水，做成面疙瘩；红烧肉没有了，奶奶把肉切成很细很细的肉丝，每次烧菜放上几根……

奇怪，妹妹挑食的习惯忽然就没有了。

绿的菜、黄的菜、红的菜，连黑黑的菜，都变得那么鲜美。有一天，妹妹吃饭时不小心掉了一颗毛豆，毛豆滚了几滚，钻到沙发下去了。妹妹可不甘心，她趴在地上，用一把尺子够了半天，把那颗毛豆挖出来。妈妈把毛豆在水里洗了洗，妹妹开心地放进嘴里。

如果菜里有几根肉丝，妹妹小心地把肉丝放进嘴里，一根根细细地嚼，慢慢地品，直嚼到肉丝完全化了，才恋恋不舍地咽下。连烧汤的肉骨头，也被她啃了又啃，吮了又吮。

所以，要吃红烧肉，能不激动吗？这次，可不是几根细细的肉丝，而是一块块像肉丸一样大的“真的牛肉”啊。

打这天起，妹妹每天都要和奶奶确定一下。

“奶奶，月亮最圆的那天，我们就吃红烧肉了，对吧？”

她抱着奶奶的腿，仰起头，用一脸的希望把“对吧”那两个字说得又响又肯定，让奶奶完全没有反悔的余地。

月亮终于变得又大又圆，金黄得像个向日葵。中秋节来了。

妹妹和哥哥一早就开始围着奶奶转。

“奶奶，今天的煤饼湿吗？”

哥哥弯腰看看煤饼是否冒烟。有一次，哥哥和妹妹往煤饼里洒水玩，奶奶不知道，烧了好半天，炉子直冒烟，却不着火。

“奶奶，我闻到焦味了，牛肉会不会烧焦呢?”

妹妹凑到锅旁，用力吸着鼻子。

奶奶被他俩缠得不耐烦了，便把他们赶到房里，关上了房门。

终于，奶奶把那碗香喷喷的肉端上了桌。

那个香气呀，在屋里绕来绕去，把妹妹和哥哥的心一下子打乱了，他们兴奋又紧张，局促地扭动着身子，眼睛直勾勾地望着那碗冒着热气的肉。雪花“喵”了声，在妹妹的脚边转来转去。

“每人两块肉。”奶奶再次强调。

“知——道。”妹妹把那个“知”字拖得长长的，一边伸出十个指头：“每人两块肉，五个人，一共十块。”她朝哥哥诡秘地笑笑，“我和哥哥已经数过一百次了，十块肉，正正好好。”

奶奶往每人的碗里夹了两块肉。

没等奶奶抽走筷子，哥哥飞快地夹起第一块肉，送进嘴里。他“吧嗒吧嗒”地嚼着，陶醉得什么都顾不上了。

妹妹先俯下头，狠狠地闻了闻碗里的肉。然后，夹起第一块，小心地咬了一小口。她让滑溜溜的肉在舌尖上转来转去，直到把鲜味吮光，才让它滑下喉管。

哥哥的两块肉都下肚了，妹妹还一小口一小口尽情享受着第一块肉。

哥哥馋馋地看着她，咽下口唾沫。他装出满不在乎的样子，诡秘地一笑，说：

“嗨，如果你吃不下，我可以帮帮忙。”

“你说什么?”

妹妹警惕地瞪了哥哥一眼，猛地抽回手，赶快把肉往嘴里送。不想筷子一滑，那块红烧肉“啪嗒”掉在地下。

妹妹筷子也来不及放下，慌忙滑下椅子，去抢救她的“宝贝”，可脚边的雪花轻轻一跳，叼起肉一蹿，藏到床下去了。

妹妹愣了愣，便“哇”地大哭起来。

那份伤心啊，听了真让人心疼。如果雪花还没把肉吞下，说不定会把叼走的肉送回来。

爸爸、妈妈、奶奶不约而同地要把自己碗里的肉给妹妹。

只有哥哥，看着满脸泪水的妹妹，却幽幽地说：

“早知道给雪花，还不如给我吃了呢。”

# 国庆节的灯

外滩终于到了。妹妹他们跟着阿明的表哥，足足走了两个多小时。

妹妹用力甩了甩满头的大汗，高兴地呼出长长的一口气。

从家里走到外滩，足足有几十条马路呢，可是，能在国庆节的晚上来外滩看灯，而且，还可以把坐电车的钱省下，在外滩买“好吃的东西”，再怎么累都是开心的。

外滩的马路又长又宽，好像一眼望不到头。马路上的人川流不息，像很多急急忙忙赶路的蚂蚁。妹妹喜欢大家挤来挤去的味道，也喜欢外滩特别的房子——每一栋的样子都不同，又大又高，看上去像神话里的宫殿。

妹妹他们四个孩子，大大小小高高矮矮，一边在人群中窜来窜去，一边找那个“好吃的东西”。

他们在一家刨冰店门口停下。

一个很大的不锈钢桶里，晶莹的刨冰闪闪发亮。商店阿姨快手快脚地把刨冰一碗碗盛出来，在上面浇上不同的“浇头”——深咖啡的是巧克力味，红色的是杨梅味，橘黄的是酸梅味……

“怎么样?”阿明的表哥问，脸上溢出不加掩饰的馋。

“吃刨冰!”大家异口同声。

吃和玩是最令人开心的，几个小时一溜烟就过去了，天渐渐黑了。

“快看，六点五十五分了，还有五分钟就开灯了。”阿明的表哥指着马路对面那个有名的海关大钟说。

海关大钟高高地矗立在最气派的海关大楼上，光是那根指针就有三米长。

妹妹仰起头，敬畏地望着那只庞大的钟。

“六点五十六分……”妹妹数着。那根指针移动得比蜗牛还慢，妹妹的心快要跳到嗓子眼了。

“六点五十七分……”

大家一齐数起来。

“六点五十八分……六点五十九分……七点!”

眼前忽然大亮——

“开灯了！开灯了!”

马路上的人们欢叫起来。

妹妹惊奇地瞪大眼睛。好像被仙女的魔棒点了一下，那一栋栋的大楼和一条条马路，忽然都活了起来。大楼有了形状：有的很胖，有的精瘦，有的剃个光头，有的带着宝塔形的帽子；一条条马路蜿蜒曲折，好似火龙飞舞在空中。灯光下，这里变成一个童话世界：她好像看到灰姑娘穿着水晶鞋向她招手，又看到雪女王乘着金色马车从空中飞过……

“你看你看，那个尖顶的房子像不像白雪公主和七个小矮人的家?”妹妹跳起来说。

哥哥指着有个圆圆窗户的楼，也叫道：“那个屋子一定是狼外婆躲在里面，装成小红帽奶奶的地方。”

孩子们兴奋极了，开始在童话世界里奔跑，跑到这儿看看有没有那个包着花围巾的狼外婆，跑到那儿看看七个小矮人是不是在睡觉……

跑啊跳啊笑啊叫啊，他们一会儿捉迷藏，一会儿抓强盗，还冲到黄浦江畔的那条长堤旁，爬上大堤，小腿悬在空中，一遍又一遍数那些停在江边的驳船……

天晚了。满身的汗水被风一吹，凉飕飕的。

阿明的表哥说：“我们回去吧，大概很晚了。”

他们这才想起回家的事。

他们找到了电车站，车站没有一个人，冷冷清清的。大家一屁股在马路边坐下，一动也动不了了。

等了一会儿，没有电车，也没有其他人来。

“咦?”阿明的表哥站起来，围着车站的牌子转了一圈，叫起来，

“哎呀，我们大概错过末班车了!”

大家都愣了。妈妈是嘱咐过，“下车时一定要问售票员阿姨末班车的时间”。可是，因为吃了刨冰，没有坐车，当然也就把末班车这事忘得一干二净。

想到还要走那么远才能回家，妹妹觉得浑身软软的，没有一点儿劲。

“我一步也走不动了……真的走不动了……”

她想起小时候跟爸爸来看灯，坐在爸爸的肩上。爸爸的肩那么稳、那么坚实、那么舒服……她忽然好想好想爸爸，好容易忍住的眼泪，现在一滴滴掉下来。

“我也走不动。”

“我的腿酸死了。”

阿明的表哥看着这一堆哭着闹着的败兵，头炸开了。

“这么窝囊，还来外滩玩?现在你们要我怎么办，啊?你们累难道我不累吗?你们腿酸难道我的腿不酸吗?就算我背得动你们，我也只能背一个对不对?”

一辆三轮车在他们面前停下。踩三轮的伯伯脸很长很黑，颧骨也很高。他看着这群大大小小的孩子，严厉地说：

“这么晚了，你们怎么还不回家?”

“我们……末班车走了。”阿明的表哥有点心虚。

“家住哪儿?”

“西海电影院后面。”

“挺远的啊。坐我的三轮车吧。”

“哦不要不要，”阿明的表哥急忙说，“我们……我们只有两毛钱，本来准备买电车票的。”

妹妹知道，坐三轮车很贵。生病时，奶奶带她去医院，从家里到地段医院，只有十五分钟的路，三轮车就要两毛钱。现在外滩那么远，起码要一元，搞不好要两元呢。

“上来吧。”伯伯已从三轮车上跨下来。

“可是我们真的没有钱。”阿明的表哥从口袋里拿出所有的钱，捧在手上给他看。

“我不收你们钱。三个人坐位子，另外那个人只能坐搁板上。”

伯伯没有理睬阿明的表哥，从车子后背的网兜里，拿出个布垫子，铺在搁板上。他歪歪头招呼了一下：

“快上来。这么晚了，大人要急死了。”

妹妹挤在哥哥和阿明中间，脚下，阿明的表哥缩着身子坐在垫子上。

秋天的晚风从耳边习习而过，很有些凉意了。三轮车轮子在渐渐安静下来的马路上发出“咯吱咯吱”的声音。

妹妹看着三轮车伯伯微微驼着的背影，腰一弯一弯用力踩着车。

她想，他们四个人一定很重，所以伯伯这么费力。

身边的阿明已经睡着了，两手抱成拳头，抵着歪到一边的头。

今天晚上真的玩得太累了，不过，妹妹的心里塞得满满的，都是快乐。

# 酒精灯

妹妹刚进弄堂，阿明冲过来，一把抓住她的胳膊。

“你哥哥的脸烧起来了，全黑了！”

阿明的眼睛瞪得那么大，声音里充满惊恐。怕妹妹不相信，他伸开五指，“啪”一下贴在脸颊上。

“真的，你哥哥的脸上还有五个手指印呢。”

“啊——”妹妹的头“轰”一下炸开了，心怦怦乱跳。她什么话也没说，转身就往家跑。

原来，今天下午，杨老师正在做“酒精燃烧”的实验，哥哥趴在旁边看。

杨老师是个新老师，从学校毕业才一年，他看到火不太旺，抬起灯芯往火上加酒精。酒精碰到火，火苗“嘭”一下蹿了老高，把趴在旁边的哥哥烧伤了。哥哥用手捂了一下脸，脸上便留下五个指印。

妹妹冲进家，家里静静的，一个人也没有。妹妹“咚咚咚”冲去楼下宋婆婆家，她也不在。

妹妹心里慌得要命，像有一只小鸟在里面撞来撞去。她看到雪花把身体盘成一个圆，在沙发上睡觉。妹妹对着它大叫：

“雪花，雪花，哥哥的脸烧起来了，上面还长了五个手印，怎么办？怎么办呢？”

雪花被妹妹吓了一跳，它一缩身子刚想逃，被妹妹一把抱起。妹妹把脸埋在雪花长长的毛里，呜咽着说：“五个手指印……脸也黑了……雪花，我害怕死了！”忽然，她停下，惊慌地抬起头，喃喃道：“小朋友们肯定会跟在他后面看他笑他，怎么办？怎么办？”

妹妹抱着雪花心慌意乱地在屋里走了一圈，忽然坚决地说：

“踢他们。对，如果他们笑哥哥，我就踢他们！”说罢，对着空中狠狠踢了一脚。

妹妹对自己的脚头还是有信心的。有一次她踢了荣荣一脚，荣荣的脚就肿了。为此，妈妈还买了一袋苹果，带着妹妹去他家道歉。

“可是，哥哥会不会死呢？如果哥哥死了，就不能吃饭，也不能和我玩了，那怎么办？”

妹妹被这个新念头吓着了，跌坐在沙发上，她大声哭起来。

“嗯嗯……哥哥脸很痛……大概会死掉的……哥哥死了我怎么办呢……”

雪花用额头蹭蹭妹妹的手，可妹妹只顾“呜呜”地哭，没有理它。她哭了好久，哭着哭着，在沙发上睡着了。

妹妹醒来时，吓了一跳——家里站满了人：邻居、亲戚、爸爸妈妈的同事……满满一屋子的人。

妹妹一骨碌从沙发上跳下来，钻过人群，看到奶奶坐在屋子中间的红木桌旁，便扑进奶奶的怀里。

“奶奶，哥哥死了吗?”她的小脸吓得发白。

奶奶一把抱起妹妹，搂进怀里。

“怎么会呢?哥哥当然没有死。宝贝，不怕哦，不怕的。”

站在奶奶身后的宋婆婆说：“阿拉卖相介好的小囡，要破相了……作孽啊……”然后，她的鼻尖就红了。

妹妹不知道什么是“破相”，不过看到宋婆婆哭了，猜想那一定是对哥哥不好的事情，她也轻轻地哭了起来。

“这个杨老师也太失职了，”什么人大声说，“这点常识没有，怎么做老师?”

“就是嘛。应该找校长反映反映。”

大家你一言我一语，声音响了，眼睛也瞪大了。一时，一片闹哄哄的。

刚从医院回来的妈妈正往包里装哥哥的替换衣服，她站起身，说：

“不过，杨老师也不是故意的，新老师，没经验。一出事，他背起哥哥就往医院跑，护士说，他急得话都说不出来了。”

“新老师怎么了？新老师也要负责的。”

“对啊，至少应该给点补偿。”

坐在桌边的奶奶摆摆手，大家安静下来。奶奶看上去很疲劳，眼睛周围有很多皱纹。

“听说杨老师家在外地，家境也不好。唉，将心比心，如果我们的孩子在外面闯了祸，做母亲的多揪心啊。再说，一下课，他又跑去医院，还自己掏钱买了水果，也够难为他了。”

……

大人们你一句我一句说着，有些话妹妹也听不懂。她很想继续听大人们讲话，可是哭了一下午，她困极了，听着听着，她又睡着了。

第三天，妈妈终于带妹妹去看哥哥了。妹妹把那颗哥哥很想要的、里面有“彩色五角星”的玻璃球小心地放进口袋。

在医院拐角的小店里，妈妈买了一块冰砖。妈妈说哥哥的嘴肿了，让他“消消火”。

店员阿姨从冰箱里拿出冰砖，上面白色的霜还冒着气。

这是一块“光明牌冰激凌”，深蓝的底色，飘着一片片白色的雪花，左上角一个橘黄色的火炬在熊熊燃烧，映着“光明牌”三个字。

冰砖可是一年才吃到一两次的宝贝！妹妹的口水都出来了，可是，她知道，冰砖是给哥哥吃的，哥哥病了。她把口水咽下了。

妹妹走进病房，哥哥正坐在一个四面有栏杆的小床里。他的头被白色的纱布绕满了，只留下眼睛、鼻子和嘴。哥哥的眼睛变得很小，像两条裂开的缝，嘴唇却变得又厚又大，好像拱起的猪嘴。

见到哥哥这个样子，妹妹吓了一跳，“哇”地哭开了。

妈妈哄了半天，也没法让妹妹停下。她拿出那块冰激凌，舀了一勺给妹妹。

甜甜的冰激凌一沾上舌头，就慢慢化了，于是甜味儿、香味儿便满嘴都是。

“好吃。”妹妹边抽泣边说。

妹妹靠在床边，看着妈妈拿着一个很小的勺子，一点一点把冰激凌送进哥哥嘴里。

哥哥艰难地张开肿胀的嘴唇，很慢很慢地吃着，鼻子里发出“嗯嗯”的哼哼声，也不知是满意的哼哼，还是疼痛的哼哼。

妹妹拿出玻璃球，看着包得像个雪人一样的哥哥，怯生生地说：

“这个给你玩……你好了再还给我……”

哥哥接过玻璃球，鼻子里又“嗯嗯”了两声。

妈妈举着冰激凌，问妹妹：“再来一口？”

“哥哥吃。”妹妹懂事地说。

妈妈把一勺冰激凌拿到妹妹面前，“真的不要？”

妹妹忍不住了，“那我就舔一点点，好吗？”

哥哥的伤最终好了。爸爸妈妈没有“让学校负责”，更没有要杨老师补偿。他们说，“老师也不容易，不要为难他。”

哥哥的脸上留下了一个两寸长的伤疤。幸运的是，伤疤最后都缩到了下巴底下，如果不抬头，还看不出来。

大家都很高兴。

妹妹更高兴了，因为这样小朋友们就不会笑话哥哥了。

遗憾的是，哥哥在病房里不知怎么把那颗有“彩色五角星”的玻璃球搞丢了。

当然，他就再也没有把它还给妹妹。

# 游　行

妹妹做梦也没想到，自己会被选去参加区学生运动会的开幕式游行，而且，而且，而且还排在游行队伍的第一排呢！

妹妹幸福得简直要窒息了。

像一条彩色的长龙，游行队伍沿着最热闹的马路，慢慢向前移动。一个一个的四方队列既整齐，又五花八门，组成了龙的身体：

一个队列全是彩旗——大红的、天蓝的、翠绿的、橘黄的……就像把彩色颜料泼洒在天空了，眼到之处都是鲜艳。旗手们紧握旗杆，使劲踩着鼓手的节奏，把旗挥舞成横写的“8”字。迎面的风，把彩旗吹出“噼噼啪啪”的鞭炮声……

下一列方队全是腰鼓。身穿红衣绿裤的女生，腰里斜挂着长圆的腰鼓，双手灵巧地左右穿梭，击出清脆悦耳的鼓点……

还有号手队、秧歌队、大幅标语队、举着很大的乒乓球拍队……

而走在所有这些队列前面的、最最前面的、第一排的，就是妹妹他们这帮小不点儿。小小的人儿一律穿着白衬衫、蓝长裤、白跑鞋，每人胸前举着一幅主席像。

这些小不点，非常努力地把腿抬得高高。可是，他们太小了，不断出状况：一个小男孩裤子掉下来，他伸手去拉，主席像差点掉了；一个梳着马尾巴的女孩，鞋带散了，自己系不上，急哭了……

看到这些“一本正经的小不点儿”不断出洋相，拥挤在马路两旁看热闹的人笑翻了。

妹妹开心极了。

从小到大，她还从来没有像今天这样，被这么多人看；像今天这样，大摇大摆地在马路中间走路呢。大概，高贵的公主就是这样的吧！想到这，她的头抬得更高，胸挺得更直，目不斜视地跟着前面举着仪仗的大哥哥。她用力踏着步，那双白跑鞋像两只白蝴蝶，上上下下地飞。

说到妹妹的白跑鞋，还有个小故事呢。

妹妹今天很早就穿着规定的衣服来到集合地点。

老师还没来，妹妹和小朋友们比赛，看谁先奔上那个黄沙堆……

当小辫子老师来的时候，老师看到妹妹的白跑鞋，皱起了眉头。

妹妹的“白跑鞋”是哥哥穿下来的，本来已经发黄了，但妈妈把它洗干净，薄薄地涂上一层牙膏，然后用卫生纸包好，放在阳光下。晒干后，跑鞋看上去又和新的一样白了。

可是现在，妹妹低头一看——咦，早上那么漂亮的白跑鞋现在沾满一摊一摊的烂泥，好像花脸一样。

老师看着妹妹的脏跑鞋，说：

“第一排的同学一定要穿得整洁。这样吧，妹妹，你和第二排的那个同学换一下位子。”

妹妹怎么也没想到，爬了几次黄沙堆，就把第一排给爬丢了。心里一委屈，眼泪就掉出来了。

老师停下。

“第二排也是参加游行啊?”

“可我最喜欢排在第一排的……”

妹妹轻声说，眼泪滴得更快了。

小辫子老师歪着头想了想，就从自己的背包里找出一截白粉笔。她在妹妹跟前蹲下，用白粉笔把妹妹脏兮兮的跑鞋涂白了……

举着仪仗的大哥哥一手放在身后，一手庄严地上上下下移动仪仗，指挥着整个队伍的进程。

妹妹紧跟着大哥哥，心情好极了——她喜欢参加游行，喜欢排在第一排，喜欢小辫子老师，喜欢自己的白跑鞋又变白了，喜欢神气地举着主席像……

“妹妹，妹妹——”

妹妹一转头，看见阿明、小米和一大群孩子，还有拥有那口水井的王大妈，都在路边的人群里。阿明吹了一个很响的呼哨，“噢——噢——”孩子们叫着跳着，使劲向妹妹招手。

妹妹很想向他们挥挥手，可是想到自己正在“游行”呢，便转回头，目不斜视地从她的朋友面前走过去。虽然，她觉得有点对不起她的朋友们，可是，心里又有点得意：如果他们像我一样在游行，他们就懂了，我是不能东看西看的啦。

游行的队伍在马路上绕了好几圈，最后终于进入了运动场。

开幕式一结束，老师说：

“今天大家做得很好，连幼儿园的小朋友也能走得这么精神，真不容易。”

老师朝妹妹他们笑笑，妹妹心里美滋滋的。

当老师挥手跟大家说“再见”时，妹妹才大吃一惊：“这么好玩的游行已经结束了？”

她多希望能够一直这样游行下去啊！

妹妹飞快地往家里跑，想把今天好多好多稀奇的事告诉奶奶。比如老师用白粉笔把她的跑鞋变白啦，敲鼓的大哥哥的鼓槌飞出去啦，一个骑自行车的人想穿过游行队伍，被警察叔叔从自行车上拉下来啦……

一进弄堂，她看见提着菜篮的王大妈。

王大妈把双手很响地拍了一下，眉飞色舞地说：

"哎哟，我认识的人里面啊，举着毛主席像游行的，你还是第一个呢。太有出息了！"

孩子们学着妹妹昂首挺胸踏步的样子，大声叫着口令："一、一、一二一……"

妹妹开心地"咯咯咯"笑了。

她一口气跑回家，三步并成两步跑上三楼，可是，家里一个人也没有，奶奶不在，哥哥也不在。

妹妹失望地在屋里转来转去，满脑子都是"游行的事"。

忽然，她在爷爷的遗像前停下。爷爷过世很多年了，那幅大大的遗像就像家里的家具一样，一直挂在墙上。

妹妹一下有了个绝妙的主意。

她爬上椅子，踮着脚把爷爷的遗像摘下，飞快地跑下楼。

她把爷爷的遗像捧得高高的，就像刚才捧着主席的像那样，挺起胸，昂起头，迈着有力的步子朝弄堂里走去。

几个孩子看到，马上跟在她后面，学着她的样子走起来。

“脚抬高，手摆起来，这样才能走得精神。”

妹妹学着老师的口气，大声说。

十几个衣冠不整的孩子，大声喊着“一、一、一二一”，跟着爷爷的遗像，在弄堂里“游行”起来。

妹妹头向前，眼角却左顾右盼，她真希望所有认识她的人都看到什么才叫“有精神的游行”。

宋婆婆从外面回来，看到妹妹手里的遗像和跟在她后面的一大群小孩，吓了一跳。

“你你你你干什么?”宋婆婆瞪大眼睛问。

妹妹小脸一仰，得意地说：

“我们游行!”

“怎么可以拿爷爷的遗像?”宋婆婆惊慌地压低声音说。“胡搞！回家去!”她一把拿过妹妹手里的遗像，凶巴巴地命令。

妹妹从没见过宋婆婆这么对她说话，她知道自己一定做了什么非常糟糕的事，便乖乖地跟在宋婆婆身后回家了。

弄堂里的“游行”就这么夭折了。

奶奶骂了妹妹一顿，哥哥笑了妹妹一通，不过，妹妹心里还是美滋滋的——毕竟，她也有过了自己那么开心的游行啊。

冬

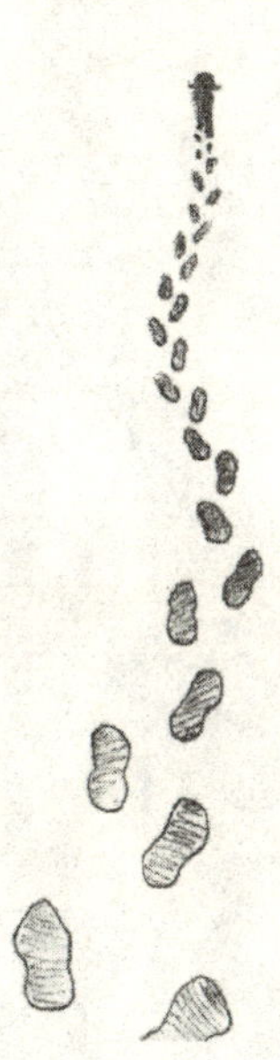

# 五分钱

秋天到了，空气开始变得清冷，梧桐树换上了金黄色的外套，刮下的黄叶慢吞吞地飘到地上，这里，那里，像一枚枚金币。

妹妹跳跳蹦蹦地往小米家走去。

她看见路边的阴沟里有一样东西闪了闪，赶紧跳了过去——哇，一个五分钱硬币哎！

妹妹真不敢相信自己的运气，她还从来没有捡到过钱呢。

她拾起那个湿漉漉的硬币，飞快地在裤子上擦了擦，手捏着硬币一同藏进了裤子口袋。

妹妹慢慢往前走，硬币在手心里微微发热。

学校里教过一首歌：

“我在马路边，捡到一分钱，把它交到警察叔叔手里边……”

妹妹心里知道，捡到钱应该交给警察叔叔，可是，不知为什么，她就是有点舍不得。

小米走出来，妹妹把拳头从裤袋里拿出。

“看——”她展开手掌。

“哇，五分钱！”小米跳了起来。

五分钱可是一笔不小的“财产”哪，可以买好多好吃的。小米拉着妹妹的手边跳边叫：

“买油墩子买油墩子好吗？上面有个大虾。”

油墩子是她们俩的一个心结。每次经过那个小摊，看到头发在脑后盘起一个小鬏鬏的老妈妈把生的油墩子放进滚烫的油锅，发出一声“刺啦”，口水就不由自主地涌出来。

五分钱正好买一个油墩子。

“阴沟里捡到的，就在那边。”妹妹说得很轻，似乎有点心虚。

“哦——那我们要交给警察叔叔了？”

小米的“哦”字拖得长长的，充满了失望。她从妹妹手里拿过那个五分硬币，在手里不舍地搓着。

“可是，”妹妹摇晃着身子说，“可是我好想好想看连环画《神笔马良》，常爷爷那里就有。”忽然，她眼睛一亮，抓住小米的手臂，“有办法了！我们就用一分钱看小人书，剩下的四分钱都交掉，怎么样？”

常爷爷的小人书摊就在弄堂口往右拐，两幢楼中间的

“坳堂”里。四扇打开的门板斜靠着墙，门板上装着一排排钉上去的“书架”。左边两扇门板是新小人书，一分钱看一本；右边两扇是旧小人书，一分钱看两本。

那时候，没有电视机，没有电脑，更没有游戏机，连环画就是顶级的娱乐了。常爷爷的小人书摊像个巨大的吸铁石，吸来了好多喜欢看连环画的孩子。

妹妹很喜欢来这里。有了一两分钱，就会叫上小米，在门板上一排一排找寻自己喜欢的小人书。

门板前四条高低不平的长凳是给租书的孩子坐的，没钱租书的孩子呢，便怯怯地站在他们身后，从他们的肩膀上“偷看”。有的孩子一看到有人“偷看”，就把书放在大腿上，弯下身子遮住书，不让身后的人看。

妹妹可不是这样，她总是把书举得高些，让身后的孩子看得更清楚。没钱的时候，她自己也会来这里“偷看”别人租的小人书。她喜欢书架上五颜六色的一排排的书，更喜欢大家低着头看书的样子，因为“那个样子很有大人的味道”。

妹妹刚走近常爷爷的小书摊，好几个孩子就热情地叫她。想偷看的孩子都喜欢她。

很多书摊都不准孩子“偷看”，因为“偷看”了，摊主就赚不到钱了。可留着白胡子的常爷爷却睁一只眼，闭一只眼。只要看见孩子们，常爷爷就开心。

“我借《神笔马良》!”妹妹兴奋地向几个准备“偷看”的孩子挥了挥手里的硬币。

“神笔马良”说的是一个叫马良的孩子，喜欢画画。后来他得到一支神笔，画什么变什么。贪婪的财主听说了，抓住马良，要他画一棵长满钱的摇钱树。

马良画了一座岛，岛上有棵长满钱的树；马良又画了一只船，财主跳上船，去岛上拿摇钱树。这时，马良画了巨大的浪，一个浪打来，把贪心的财主淹死了……

妹妹和小米和身后“偷看”的孩子们边看边开心地大笑。

“我如果有那支笔，我就画很多很多小鸡，还有小狗，还有大象，还有金丝猴……”妹妹忽然说。

“我画油墩子，还有棉花糖，还有好多好多吃的东西。”小米说。

小人书看完了，身后“偷看”的孩子说：

“《一千零一夜》比《神笔马良》还好看。再看一本吧!”

“再看一本吧。”大家一起央求。

妹妹看看小米，说：“我们再借一本吧？剩下三分钱，也可以交呀。”

于是，她们又借了《一千零一夜》。

看完了，妹妹对小米说：“歌里说‘捡到一分钱，交

到警察叔叔手里边’，我们剩一分钱交掉，就像歌里一样了，对吧?”

于是，她又借了《大闹天宫》。

……

天渐渐暗了。

妹妹和小米揣着最后一分钱，离开了小人书摊。

妹妹心里翻腾着天才又机智的马良，聪明的宰相女儿山鲁佐德，神通广大的孙悟空……妹妹想，长大了，我也可以做一个那样的英雄。

幽暗的路灯把一切都罩上一层朦朦胧胧的橘色。

她俩自信满满地朝路口的警察亭走去。

# 匹诺曹的鼻子

“哥哥，我饿了。”妹妹挨到哥哥身边，“我们再吃点饼干吧?”

哥哥正往竹竿上缠着纱布，准备做一个逮蜻蜓用的网兜。他斜睨了妹妹一眼：

“你就知道吃、吃、吃。”

“真的饿了，肚子都凹下去了!”妹妹掀起外套，按着肚子让哥哥看，“吃两块，就两块。”

其实，哥哥心里也想吃。他瞟了一眼那口藏着饼干的棕色大橱，犹豫着。

“那么……就两块哦?”他说。

“两块！保证两块!”妹妹连连点头，开心地笑了。

妹妹和哥哥的“作案”通常都是在奶奶去买菜的下午。

哥哥踏着小椅子，爬上笨重的红木凳，踮起脚，刚刚够着放在橱里的饼干盒。

那是一个高高的四方铁皮盒，盒子的一边印着一个宝塔，是用夹心饼干搭成的，宝塔上笼罩着金色的光，金光下的饼干使人馋涎欲滴。

哥哥很小心地把饼干盒一点一点移到搁板的边缘，然后高举着双手把它托下来。

一打开饼干盒的圆盖子，浓浓的香草味扑鼻而来。妹妹早已忘了自己的保证，迫不及待地抓了好几块饼干。

“哎——两块！两块！”哥哥抢回饼干，一人两块，其余的放回盒子里。

“嗯，吃多了，妈妈就会看出来了。”妹妹说服着自己，一边把饼干塞进嘴里。

两块饼干一眨眼就不见了。妹妹试探着竖起食指：

“再吃一块好吗，就一块？”

哥哥低头看看饼干盒里的饼干，忽然惊慌起来。

“饼干好像少了很多哎。”

“不会的……我们才吃过……两次呀？哦，三次，还是四次？”妹妹数着指头说。

“喏，这里……还有这里……怎么都缺掉了？”

“那怎么办？”

“妈妈一定会看出来的。我们闯祸了……”哥哥沮丧极了。

妹妹歪着头看看饼干盒，“有了有了有了……”没说完，她便冲出房间。

妹妹对吃的热情是出了名的。奶奶说她馋得好像“喉咙里伸出手来”。

四岁时，去参加妈妈同事的婚礼。妹妹一看到瓶装橘子水竟然可以随便喝，便像“老鼠掉到米缸里”——“豪饮”起来。谁想到，不一会儿便脸色发白，肚子绞痛，在婚礼的大厅中间满地打滚，成了婚礼的“中心人物”。

还有一次，宋婆婆做了一瓶酒酿，拿来让大家尝尝。

当时家里没人，妹妹打开瓶子吃了一口，“哇，太好吃了！”她吃了一口，又一口，再一口……结果把一瓶酒酿都吃了，结果就醉倒了。奶奶回家时，妹妹倒在沙发上，睡得叫也叫不醒，一直睡到第二天中午。

为了吃，妹妹有时还会“挖空心思”呢。

奶奶有时会在下午蒸一个鸡蛋——厚墩墩黄灿灿的一小碗——让哥哥和妹妹一起吃。

奶奶用小刀把蒸蛋一划二：“哥哥这一半，妹妹那一半，谁也不许吃别人的。”

趁哥哥一边吃一边看书，妹妹窥视着哥哥的“疆土”，偷偷地“侵略”。她像挖地道一样，把勺子从下面伸进哥哥的“领土”，慢慢地盗窃。大大咧咧的哥哥，只看到泾渭分明的表面，而饱享口福的“掠夺者”正暗暗偷笑。

现在，妹妹又出鬼点子了。

她小跑着进来，拿着几张旧报纸。

“把饼干拿出来。”她胸有成竹地说。

哥哥照着她的指挥，小心翼翼地把饼干从盒里拿出。妹妹拿起旧报纸，几张一叠、几张一叠，塞进盒底。

“好了。”妹妹拍拍手，开心地说。

盒底垫高了，饼干放回去，似乎又是满满的一盒了……

哥哥和妹妹立正在爸爸妈妈面前，饼干盒里的报纸摊了一桌。

“怎么回事?”妈妈审问。

哥哥和妹妹互看了一眼，没人说话。

爸爸拿起一团报纸：“用报纸装饼干，这办法倒挺聪明。谁想出来的?”

“我想的!”妹妹脱口而出，带着几分骄傲。

“你想的?”

“全是我一个人想出来的。”妹妹得意地瞟了哥哥一眼。看到哥哥不以为然的目光，想到这样居功自傲似乎有点过分，马上补充了一句：

“不过，哥哥站在那个凳子上，才把饼干拿下来的。”

爸爸妈妈对看了一眼，想笑，可是忍住了。

“大人有没有说过，不能偷东西?”

哥哥点点头。

妹妹却有点不服气。

“我们又没有偷别人的东西，像阿明那样。”

阿明在门口的小店里偷了一包粽子糖，被逮住。

妈妈抬眼看着妹妹：“妹妹吃饼干，经过妈妈或奶奶的同意吗？”

妹妹想了想，摇摇头。

“偷吃了饼干，不想让大人知道，这诚实吗？”

妹妹又摇摇头。

“那就得受罚了，宝贝儿。”

哥哥写了保证书，“不做不诚实的人”。

妹妹不会写字，妈妈替她写了，让她按了手印。

两张保证书就贴在写字台旁的墙上。

哥哥在洗碗，妹妹在扫地——这是他俩为期两周的惩罚。

妹妹走到镜子前，对着镜子左看看，右看看，看得很仔细。

“你干吗？”哥哥白了她一眼。

妹妹看着镜子，欣慰地说：

“哥哥，还好，我们的鼻子没有变长，像匹诺曹那样。”

## 电影票

爸爸买回两张电影票——《小蝌蚪找妈妈》。

电影票是橘红色的，上面印着黑色的字，是电影院的名字、看电影的时间和座位。

妹妹恭敬地看着爸爸把电影票放在写字台的玻璃下。她踮起脚，扒着写字台，用手指点着她认识的数字：

“11－1……11－3……”

她念了一遍，又念一遍，可是还搞不清他们的位子在哪里。

“真笨啦。”哥哥说，“我们的位子是11排1座和11排3座，最当中的。这个也不懂?”

妹妹可惦记着这两张电影票呢。每过一会儿，她就走回来扒着写字台看一下电影票。

“11排1座，11排3座，最当中的。”她隔着玻璃摸一下电影票，满意地走开。

妹妹最喜欢看电影了。每次看完电影，她就要把电影里的故事讲给大家听。她讲的故事凌凌乱乱，有时还颠颠倒倒，但她怀着那么大的热情，让听的人不好意思不听。

她讲给正在烧饭的奶奶听，像个小尾巴似的，跟着奶奶从红木桌走到门外的煤饼炉，又从煤饼炉跟到屋里的碗柜。

要不就趴在浴缸的边上，讲给正在洗菜的宋婆婆听。水“哗哗”地流，宋婆婆根本听不清，却“哦——哎呀——是吗——”乱附和一气。

妈妈下班了她讲给妈妈听，妈妈上班了又讲给小朋友听，讲了一遍又一遍，直到所有的人都说：“哎，听过了，去讲给别人听吧。”

星期天终于到了。

妹妹一早就起身，她先在大衣橱里“窸窸窣窣”找出她最喜欢的咖啡色背带裤，又从这个床“嘚嘚嘚”走到那个床，再从那个床“嘚嘚嘚”走到这个床，看看“有谁起来了没有”。等她把所有的人都吵醒了，她开始数那个德国制造的老式方钟，反反复复念叨着“可不要迟到了”。

终于，出发的时间到了。爸爸从玻璃板下拿出电影票。

“我来我来我来——”妹妹吊住爸爸的手臂，“每次都是哥哥拿，这次我来拿。”

“可是，妹妹如果不小心把电影票丢了，就不能看电影喽。”爸爸说。

“妹妹放在这儿，”妹妹把背带裤上靠近胸口的小口袋用力掰开，说，“喏，这里——妹妹不会‘不小心’了。”

看着妹妹渴望的眼睛，爸爸把电影票放到妹妹手里。

“看牢了电影票哦。”爸爸说。

“那当然。”妹妹小心地把电影票塞进胸前的小口袋，又在口袋上用力按了按。

就在走出门口的那分钟，妹妹叫道：“等等，等等，我要小便——”话音没落，她已奔进厕所。

电影院离家只有两条马路。

平时走在街上，妹妹不是和哥哥追追赶赶，就是张开两手，像走钢丝一样惊险地踩着人行道的窄边。可今天，她拉着哥哥的手，一个劲地往前走，对街道两旁忙忙碌碌一户一户的人家连一眼都不看。

电影院门口，一条长长的队伍已经沸沸扬扬。

“快点！快点！”妹妹松开哥哥的手，飞奔到队尾。

她兴奋得一刻也停不下，一会儿数一数“有多少人在我们前面”；一会儿又跑到检票处，看看“是不是开始放人了”。

终于，队伍开始向前移动。妹妹兴奋地把手伸进胸前的小口袋，可是她没有摸到电影票。

她不相信，掰开小口袋，使劲朝里看——“咦?”口袋里什么都没有。

“电影票呢？怎么回事?”哥哥看到她的表情，也紧张起来。

“不知道哎……”

妹妹实在想不出，藏在小口袋里的电影票怎么会飞走。她一路上什么地方都没停下，什么事都没做过呀?

哥哥检查了妹妹胸前的小口袋，口袋里确实什么都没有。

“大概在路上掉出来了?”哥哥说。

两人连忙沿着来路往回找。他们低着头检查每一条阴沟，每一片飘在路边的落叶，可是，一直找到弄堂口，也没看见那两张橘红色的电影票。

“会不会有人捡到，交到检票处了?”哥哥忽然想起。一个急转身，他拉起妹妹又朝电影院奔去。

电影院门口空空荡荡，看电影的都进去了。

“叔叔，有人捡到票子吗?”他们问一个高高的戴顶工作帽的检票叔叔。

“没有啊，”叔叔看了看满头大汗的孩子。

“都是你，”哥哥甩开妹妹的手，“下次再也不让你拿票子了。”

妹妹的眼泪在眼眶里转。她真的很小心，但怎么会让票子跑了呢？更难过的是，她盼望了那么久的电影，就泡汤了。

“哎，小朋友，记得你们的位子吗？”检票叔叔从栏杆门里探出头问。

“11排1座，11排3座。”

妹妹含着泪脱口而出。这两个号已经被她背了几百遍了！

“等一下。”检票叔叔匆匆走了。一会儿，他匆匆地回来。

“这两个位子还空着，叔叔现在让你们进去。如果没有人来，你们就可以看下去。不过，下次可不要再把电影票弄丢了。”

两个孩子尖叫起来。

“谢谢叔叔！”妹妹话没说完，已经往电影院里跑。“快点，快点！电影开始了！”

跑了几步，她忽然停下，一个急转身，对跟在她身后的哥哥说：“我想起来了……”

原来，离家前去小便时，妹妹又一次掰开胸前的口袋检查票子。她突然觉得，这个地方还不太安全，所以就匆匆地替票子“搬了家”。可是搬完后，她竟然完全忘了。

妹妹飞快地脱下布鞋——在鞋子里安安静静地躺着的，正是那两张橘红色的电影票！

# “西施”姐姐

妹妹和“西施”姐姐的友谊是从那双皮鞋开始的。

四岁的时候，在一个婚礼上，妹妹看见一个小姐姐穿了双浅蓝色的小皮鞋，圆圆的鞋头上嵌着一只深蓝色的蝴蝶结，脚踝处斜搭着条细细的鞋襻。

妹妹太喜欢那双皮鞋了，便缠着妈妈要买双“那样的皮鞋”。

妈妈想了想说：“倒也是，妹妹还从没有穿过新皮鞋呢。好吧，等你五岁生日时，妈妈给你买双‘那样的皮鞋’。”

生日到了，妈妈陪着妹妹一个鞋店、一个鞋店找，可是跑遍了周围的鞋店，也没买到“那样的皮鞋”。

这时，妈妈想到了“西施”姐姐。

“西施”姐姐的本名叫江帆，住在最后那条支弄的最后一家，她在一个皮鞋厂工作。

“西施”姐姐的腿很长，精致的小脸上有双会说话的大眼睛。她把烫过的长波浪高高挽在脑后，骑着一辆红色的凤凰女车进进出出。

每次看见她进来或出去，那些站在弄堂口无聊的男孩子便吹起口哨，“噢噢噢”地怪叫。他们装出一副满不在乎的神情，可又没法把眼睛从她身上移开。

男孩子们给她取个绰号叫“西施”。

“‘西施’是什么?”妹妹问妈妈。

妈妈说，“西施”是古代一个有名的美人，她长得那么漂亮，连盛开的鲜花看见她，也难为情地低下头。

“西施”姐姐亲热地拍拍妹妹的后脑勺，说：

“没问题，我知道所有鞋厂的门市部，一定找得到你要的皮鞋。”

果然，几天后，“西施”姐姐打听到近郊区的一个厂里有那双漂亮的皮鞋。

于是，妹妹就坐上凤凰车的后座，在弄堂口男孩子们羡慕的眼光下，和“西施”姐姐去买那双蓝色的皮鞋。

妹妹挽着“西施”姐姐细细的腰，任凭马路两边的梧桐树和商店一溜烟地往后退；风吹起姐姐长长的卷发，抚摸着妹妹的脸颊，妹妹的心里充满了喜悦和感动。跑累了，姐姐把自行车的支架一支，买回两个烧饼，妹妹一个，她一个。

在妹妹眼里，“西施”姐姐简直就像一个女神。

妹妹正在弄堂里玩，“西施”姐姐骑着车过来。

“哎，小东西，帮个忙行吗？”“西施”姐姐凑到妹妹耳边，悄悄说。

妹妹不敢相信自己的耳朵——帮姐姐的忙？她连连用力点头，心跳得好快。

一走进“西施”姐姐家，姐姐神秘兮兮地把房门关上。她让妹妹坐在她对面的竹椅里，给她倒了杯热水，还放了一勺糖。

受宠若惊的妹妹蠕动了下身子，让自己坐端正。

“小东西，认识弄堂对过的16路电车站吗？就在水果店门口。”

“认识认识，我去那里接妈妈下班。”

“真的？妹妹好能干哦。”“西施”姐姐摸摸她的头，“等会儿能帮我去那里接个人吗？”

“好啊好啊！”妹妹连连点头，就怕“西施”姐姐变卦。

“这个人呢……唔，是个男的，”“西施”姐姐向妹妹眨了眨眼睛，“很高，很瘦……”

“我要不要把那双新皮鞋换上呢？”妹妹忽然说。

“这倒不用。”“西施”姐姐咯咯地笑了，嘴角的小酒窝好看地抖动着。“可是，小东西，你得好好听，如果接来个大老虎，我可要生气的哦。”

“不要大老虎。”

“他戴副黑边眼镜……头发硬硬的竖起来，有点像刺猬……”

“像刺猬……”妹妹重复。

“看见他，你就说，‘江帆姐姐叫我来接你的’，会说吗?”

妹妹用力点头，“会说会说会说……”一边已冲出门口。

“记住，保密——”“西施”姐姐追到门口喊。

妹妹一到 16 路车站，就知道这个“接人”的事可不是那么容易。

正是下班的时间，电车一停下，车上的男男女女便像潮水一样从前门和后门同时拥下来，一边大声吼叫：“不要挤不要挤！还有人没下完!”

妹妹急忙后退到靠墙的上坡，像看打乒乓球一样，左右不停转着头，搜寻着从前门和后门下来的每一个人。

有个很高很瘦的，却不戴黑边眼镜；有个戴黑边眼镜，却是个胖子；有个又高又瘦，也戴黑边眼镜的，却和一个女的一块儿下来……

妹妹出汗了。她真后悔，刚才光惦记着是否应该换新皮鞋，没有仔细听“西施”姐姐的描述。

怎么办？她决定豁出去了。

一个瘦瘦戴副金丝边眼镜的人下了车，妹妹挤上去，拉住那人的衣袖。

“你是来找江帆的吗?”

那人吃了一惊，把袖子猛一拉：

“什么……什么帆?”

“对不起哦。”

又看到一个人，不瘦，可头发往外扎着。

“你来找江帆吗?”妹妹冲上去问。

那人看了妹妹一眼，理也没理她，就走了。

碰了一个钉子又一个钉子，妹妹开始绝望了，如果她完不成心中女神托她的事，她会后悔一辈子的!

这时，一个人下了车——很高很瘦，戴着副黑边眼镜，手里还拿着盒蛋糕。

不知为什么，妹妹立刻相信，这个就是她要接的人。她兴奋地冲上去挡在他面前：

“你找江帆吗?”

那人停下，仔细看看妹妹：

“你是谁?”

“我是妹妹……哦，不对不对，我是江帆姐姐的好朋友，她叫我来接你。”妹妹自豪地说。

那人对着妹妹笑了，露出一口很白的牙齿。“好啊。”

他说。

于是，“那个人”便跟着这个不到他腰际的小人儿回来了。妹妹一路上说了很多话，不过她不记得说了些什么。

长大一点儿才知道，那天，她接来的竟是“西施”姐姐未来的丈夫。

那是“西施”姐姐的男朋友第一次登门拜见她的父母。本来，她应该自己去车站接他，可一想到弄堂口的那些男孩子，她犹豫了。带着个陌生男子从弄堂口走进来？那些淘气鬼一定会吹着口哨，手舞足蹈地跟着他们。而接下去的很多天，左邻右舍就会大惊小怪穷追不舍地关心和盘问……

所以，六岁的妹妹才做了这个接头人。

每每想到，自己曾在“西施”姐姐生活里扮演过如此重要的角色，妹妹总会觉得很自豪。

# 烙 饼

奶奶是北方人，做起面食就像平常人走路或呼吸一样容易。她包的饺子皮儿薄薄的，馅儿油油的，饺子下肚，鲜味留在嘴里；她拉的面，既软又有韧劲，哥哥用筷子挑起一根，好长好长，他站上椅子，面还拖到碗里。奶奶煎的饼更是没话说，金黄色的饼上嵌着点点葱绿，又好看，又香脆，在左邻右舍里都是有名的。

可是，妹妹和哥哥最爱看的，是奶奶做饼时的那一招。

奶奶把面糊糊匀匀地倒在煎锅里，小火烤着。当饼的四周泛起淡淡的金黄色，奶奶一手撑住后腰，另一手握住煎锅的长柄，往上一挑，饼就飞到空中，180 度转一圈，再稳稳地落回锅中。

哇，简直像演杂技哎！

哥哥常常学着奶奶的样，左手叉住后腰，右手假装握着一个煎锅，用力往上一挑……他说，他一定要烙一次饼，把饼翻到空中，再让它稳稳地落回锅里。

终于，他的机会来了。

奶奶去看亲戚，三天后回来。

妈妈给了哥哥一叠饭票和菜票，让哥哥妹妹中午去食堂吃饭。

“这是你们俩三天的伙食钱，你负责管。记住，要计划着吃哦，吃完就没了。做得到吗？”

“没问题！”

哥哥接过饭菜票，得意地放进胸前的口袋，还在上面拍了拍。

妹妹叫道，“妈妈妈妈，我也要管。”

“哥哥管，妹妹协助哥哥管，好吗？”妈妈拍拍妹妹的脸颊，匆匆上班去了。

“‘鞋住’……是什么？”

妹妹跟到楼梯口，大声问妈妈。

第一天去食堂，哥哥一看到走油肉，便毫不犹豫地拿出胸前口袋里的菜票，“嚓嚓嚓”数了出去。而负责“鞋住”哥哥的妹妹也忘了身负的重任，眉开眼笑跟着哥哥盘子里的肉屁颠屁颠地跑了。

到了第三天，哥哥手里只剩一分菜票。

“我们今天吃什么呢？”妹妹问。

“没问题。”哥哥一手撑住后腰，一只手做了个上挑的姿势，“今天做煎饼，像奶奶做的那样。”他得意地笑笑。

哥哥比妹妹只大两岁，在妹妹眼里，却是个什么都能做的“超人”。

哥哥会在河里游泳，哥哥参加乒乓队、武术队，哥哥可以把那一大筐煤饼一篮一篮从楼下搬上三楼，有一次奶奶生病，八岁的哥哥推着黄鱼车，把奶奶送去医院。连妈妈都夸他是家里的“男子汉”。

现在，这个“男子汉”学着奶奶的样，在锅里放了些面粉。

“拿水来。”他像个司令员似的对妹妹下命令。

妹妹赶紧舀来一勺水。

“哥哥，等会儿我也来翻饼好吗?”她说。

“你？哈哈，你怎么会翻呢？饼没翻过来，你人倒翻掉了。”

“那我不拿水了。”妹妹要把盛水的勺子搬回去。

“好好好，让你翻，让你翻。跟屁虫。”

妹妹高兴地把一勺水倒进面粉里。

平时奶奶做饼可容易了，一边做，一边还给哥哥妹妹讲故事，可是现在哥哥自己做，问题可就多了——一会儿面糊糊太稀，一会儿又太干；一会儿煤饼炉火太小，一会儿又太大，一会儿忘了加葱，一会儿忘了添盐……

哥哥和妹妹手忙脚乱了一阵，总算把面糊糊调好，火也弄合适了。哥哥长长地呼出口气，脸上沾着一摊摊面粉，好像生了白癜风。妹妹用手替他擦擦，“白癜风”变得更大了。妹妹“咯咯”地大声笑起来。

“现在，我要煎饼了。”哥哥把妹妹的手从脸上拨下，严肃地宣布。

他对着滚烫的油锅，把面糊糊倒了进去，油锅发出长长的一声“刺啦”，很响。

像操练一样，他左手叉住后腰，右手假装握着一个煎锅，稍稍顿了顿，用力往上一挑。

“怎么样？像不像奶奶？”

“不对不对，奶奶翻饼时，总是这样——”妹妹把身子往后仰了仰，“就像……就像有个瓶子摔过来，她不让那个瓶子打到一样。”

哥哥练习了几下。可是当他跨前一步，真的用手握住煎锅的长柄时，发现锅子太高了。

“快给我拿个凳子。”他命令道。

妹妹赶忙拖来一个方凳。

哥哥站上去，又太高了，他得弯下腰才能握到长柄。

“换小竹椅！”

“快点，哎呀，饼焦了。”饼的周围开始变成咖啡色，妹妹着急地乱跳。

哥哥忘了手上的面粉，飞快地拖过小竹椅，一下跳了上去。

那个重要的时刻终于来了。哥哥重重地吸了口气，有点紧张，双手一把握住锅柄，左手叉腰的动作也忘了做。

“我翻了，我——翻——了——”

哥哥猛地把长柄往上一甩，脚下的小竹椅晃了晃。

饼从锅里飞出来——飞得很高，比奶奶的饼还高——在空中转了一圈，像飞船一样直直地朝妹妹头上掉下来。

两个人都愣住了。就在滚烫的煎饼快要砸到妹妹时，哥哥伸出手里的煎锅用力一挥，把煎饼打到炉子后面去了。

哥哥的“翻饼历险记”就这样结束了。

奶奶说，做什么事都要练习。她开始教哥哥怎样翻饼——哥哥一手撑在腰后，一手举着煎锅一下一下往上挑，煎锅里是一块重重的湿毛巾。再后来，哥哥真的会翻饼了，他把煎锅往上一挑，饼就从锅里飞出去，在空中转了 180 度，又稳稳地落回锅中。

“妹妹嘛，”奶奶说，“等妹妹长到哥哥这样大时，我一定教你怎样翻饼。”

# 一块冰砖

妹妹发烧了，一连几天不吃东西，昏沉沉地睡，嘴唇上烧起好几个燎泡。

爸爸正在外地演出，下火车到家已过了九点。一看妹妹的样子，心疼极了。

“还很烫呀。”爸爸摸摸妹妹的前额，着急地说。

妈妈说：“医生也看了，药也吃了，可烧还没退。”

爸爸想了想，抓起帽子就往外走。

“去哪儿？”

“去买块冰砖，看看能不能压压火。”

妈妈一把拉住他，看着他疲惫的眼睛，说：

“外面这么冷，再说，店都关了，明天吧？”

“没关系。我去试试，一会儿就回来。”

爸爸骑着自行车一条马路一条马路地找还没关门的商店，去了好半天。回来时，手里捧着一个纸袋，脸被寒风刮得通红。

妹妹一看到纸袋里的冰砖，烧得无精打采的眼睛忽然就亮起来。她当然记得这个“光明牌冰激凌”，哥哥烧伤时妈妈买过。

妹妹伸出小手，摸了摸深蓝的底色上一片白白的雪花，干焦的嘴唇露出了微笑——如果不是生病，冰激凌可是很少进家门的。

妈妈把冰砖放在一个碗里，让妹妹坐起，身后垫了两个大大的枕头。妹妹一小勺一小勺把冰激凌放进嘴里，每一口，她都含在嘴里老半天，直到冰激凌完全融化了，才心满意足地吞下。

“宝贝，今晚好好睡一觉，明天爸爸再给你买。”看着妹妹干枯的嘴唇有了些颜色，爸爸欣慰地说。

爸爸妈妈刚走开，哥哥飞快地从上铺爬下来。

“哎，生病也蛮合算的嘛。”

他调侃着，一边把头伸到妹妹碗前，馋馋地闻闻。

妹妹咽下嘴里的冰激凌。

“不给我吃一口吗?”

哥哥看妹妹不主动，只能厚厚脸皮了。

妹妹看看碗里剩下最后一点冰激凌，说：

“明天给你吃好吗？爸爸明天会再买的。”

哥哥叹了口气。“真没劲！你忘了怎么说的?”哥哥用手捏住鼻子，做了个喝水的动作，“有福同享，有难同当。”

妹妹一听，不吱声了，她把碗推向哥哥。

“那么……你就吃一口小的，明天，爸爸买了，我再给你吃一口大的，好吗?”

原来，两个月前，妹妹得了中耳炎。

耳朵里好像有个粗粗的手指顶在那里，钝钝地痛，钝钝地痛，持续不停，没完没了，平时不常哭的妹妹也忍不住“呜呜”地哭了。

医生说，要吃两个星期的中药，还要每天捏着鼻子吹气，把耳膜吹出来。

那个药可真苦。妹妹捏着鼻子把药喝下，苦味却在嘴里胃里翻腾好久，有时把胃酸都吐了出来。

吃了几天药，妹妹真害怕了。她不想喝，又怕奶奶骂，于是，她求哥哥替她喝。

哥哥可真像个“男子汉”，闭上眼睛捏起鼻子，一口气替妹妹喝下了苦药。

“有福同享，有难同当。谁让我是你哥哥呢!”他皱着鼻子说。

“‘有壶桶响’……哥哥，下次我吃好东西，一定给你。”妹妹信誓旦旦地对哥哥许愿。

不知是不是冰激凌的效果，第二天，妹妹的烧真退了。

大家都很高兴，可是，妹妹却犯愁了。不发烧，爸爸一定不会再买冰激凌，那可怎么办?

一上午，她一遍又一遍让奶奶量体温。

“宝贝，没有热。”奶奶边说边把她的被子掖紧，“好好休息两天，就可以去幼儿园了。”

可是，妹妹睡不着，那块光明牌冰激凌老是在她的脑海里转，转啊转，转得她什么都没心思了。

吃过午饭，奶奶去“鲁滨孙床”睡午觉，家里静悄悄的。妹妹披上棉袄，下了床。

雪花从沙发上跳下来，围着妹妹“喵”了两声，转了一圈。妹妹一把抱起雪花，又从抽屉里找出一把芭蕉扇，踮着脚尖走出屋子。

整幢楼静悄悄的。妹妹往楼梯下张望了一下，没有人。她轻轻爬上楼梯，来到晒台的门前。

妹妹凑近门上的小玻璃窗。

晒台外面是严冬。梧桐树的秃枝在寒风中剧烈地摆动，对过屋顶上一个缠在高压线上的风筝像个精灵一样疯狂地四面乱窜。

妹妹打了个激灵，外面好冷啊。

这时，她想到了那块光明牌冰激凌——一片片白色的雪花飘在蓝天里，全都带着浓浓的奶油味——她放下雪花，毅然决然地拉开晒台门，迈了出去。

风把她的头发吹乱了，脸被刮得刺刺地疼，可是，她勇敢地脱去棉袄，又脱下毛衣，只剩一件内衣，然后，拿起芭蕉扇，拼命地扇自己……

风中，妹妹好像看到一片晶莹的雪花，在空中漂亮地舞蹈着。

## 两颗粽子糖

春节快到了，天真冷，连朝南的窗户上都结了层厚厚的冰花。

妹妹站在窗前，无聊地用舌头舔着窗户上的冰花玩。冰很凉，差点把妹妹的舌头粘住了。她缩回脸，把舌头转了两下，又把眼贴在窗户上，从冰花里向外看着世界。

忽然，她激动地叫起来：

“奶奶，快！快！上鞋的爷爷来了！”

春节是妹妹最盼望的日子，每人都会得到一件新衣服，还有一双新棉鞋，就是在鞋帮里垫上了棉花的鞋，穿上可暖和了。

妹妹喜欢看奶奶做鞋。

奶奶把没用的碎布用糨糊粘在木板上，晾干后剪成一片片薄薄的鞋垫，再一针一针纳成厚厚的鞋底。

鞋帮子是灯芯绒的。奶奶把大大小小的纸样别在灯芯绒上，戴着老花眼镜，仔细地剪出漂亮的鞋帮子。

可是，奶奶做完了鞋底和鞋帮，却没有办法把它们缝到一起，因为这需要特殊的头上有钩子的“锥子”才能做。

这就是“上鞋”。

还有一个星期就是春节了。

妹妹兴奋地跳进跳出，一会儿数数奶奶蒸了多少个豆沙包子，煎了多少个蛋饺；一会儿打开衣柜，看看自己那件新罩衫。衣柜里有很多樟脑丸，妹妹好喜欢这个奇怪的味道。

但是，让妹妹最惦记的，还是她的新棉鞋。

五斗橱上放着那五双崭新的鞋帮和鞋底，可是，妈妈跑了好几个店，却找不到人肯“上鞋”。春节前，大家忙得连脚也要用上了，谁都不肯接新活。

所以，今天看到一个爷爷居然在寒风里挑着担子来“上鞋”，妹妹能不激动吗？

奶奶急忙拿着鞋帮鞋底下楼，两个邻居已经排在前面了。大家把要上的鞋子交给爷爷，便逃回暖和的家里。

妹妹要看爷爷上鞋，一定不肯跟奶奶回家。

“上鞋爷爷”朝妹妹笑笑，找了个避风处坐下，摊开工具，开始“上鞋”。

“上鞋爷爷”的帆布围裙很大，遮住了他的膝盖。他把鞋子夹在两膝中间，微微弯着腰，使劲地推着“锥子”。“锥子”来来回回一针一针吃力地穿过厚厚的鞋子，粗粗的鞋底线就把鞋底和鞋帮牢牢地缝在一起，怎么跳怎么跑也不会分开。

天真冷，嘴里呵一口气，马上在空中结成了白雾。

这天气，谁都不想出门，有的人家把煤饼炉子拿到屋里，烧一壶开水，让白色的蒸汽“噗噗”地喷到空中，大家围着炉子取暖。

“上鞋爷爷”的鼻尖冻得红红的，虽然他一直很响地吸鼻子，鼻涕还是不听话地滴出来。他用手掌抹一下鼻涕，在围裙上擦一擦，难为情地朝妹妹笑笑。

妹妹倚在墙上，缩着脖子，冷得不行。

弄堂里没有了平时玩耍的孩子，连行人也很少。虽说这是“避风的地方”，风还是狡猾地钻来钻去，打在脸上刺刺地疼。

妹妹开始在原地跳“脚尖脚跟脚尖跳”，让自己暖和一些。忽然，她看到“上鞋爷爷”的手，妹妹停止了跳跃。

爷爷的手和宋婆婆一样，又红又肿。手背上好几个冻疮，裂着血口。有一个已经烂了，变成黑紫色。

妹妹怔怔地看着“上鞋爷爷”，心里好难过。爷爷一定很冷，可是，他还要用力地推着锥子，在寒风里“上”

这么多鞋子，他的手多痛啊。

妹妹的手伸在口袋里，那里有三分钱，是下午买点心的。妹妹用力捏了捏三分钱，忽然拔腿向弄堂口的小杂货店奔去。

她把三分钱可以买的东西都看了一遍，最后选了两颗粽子糖。小小的糖像个立体的三角形，稍稍有点透明，可以看到里面嵌着的两颗松子。

妹妹跑回来，飞快地把装着糖的小纸包塞在爷爷手里，说：

“爷爷，里面的松子很好吃的。”

爷爷打开小纸包，眼睛张大了一下，看着妹妹冻得红红的小脸和鼻子前喷出的白气，他只说了个“哦——”，就不知说什么好了。他向妹妹笑了笑，用手掌很快地抹了一下鼻子，然后又飞快地“上”起鞋来。

很多年后，妹妹已经记不得新棉鞋的颜色了，却始终没忘记“上鞋爷爷”的那个笑。那是冬天里最温暖、最慈祥的一个微笑。

# 过 年

快过年了，妹妹每天扳着手指数日子，兴奋得坐也坐不住，站也站不稳。

妹妹兴奋，因为家里打扫得一尘不染，奶奶和宋婆婆把每个锅都擦得锃锃亮，每件家具都抛了光。

妹妹兴奋，因为一年一次的新衣服和新棉鞋整齐地放在大橱里，淡淡地散发着樟脑丸的味道。

妹妹兴奋，看着奶奶把存下的各种肉票、蛋票、鱼票全买了，每天准备着各种好吃的——用水磨粉包小圆子，用蛋皮裹着肉馅煎蛋饺，炒一大锅素什锦，还蒸了好多米糕，米糕上用红色的枣子摆出花纹……

妹妹感到最兴奋的还有一件事——“收礼物”。

春节是走亲戚看朋友的节日，每个来访的客人一定带着礼物。嗬，家里一下子就会收到十几份礼物！

妹妹最喜欢看客人带来的礼物：一竹篓的梨，一筒麦乳精，红色纸盒装着蛋糕，好看的铁罐里是茶叶。有时，甚至会收到一个活蹦乱跳的大公鸡。

不过，她知道，这些礼物是不可以打开的，至少在初一至初五的时候不可以。

这是因为，凡是客人送来了礼物，爸爸妈妈都必须“回送”，就是买了礼物去回拜，这是“礼节”。但是，收到十几份礼物，就要买十几份礼物去“回送”，那“预算”就不够了。所以，收到的礼物大多数都会被“转送”。比如，这个阿姨送来的“一篓梨”会被爸爸妈妈转送给那个带来“一盒蛋糕”的叔叔，而那个叔叔送的“一盒蛋糕”又被转送给带来“一筒麦乳精”的伯伯……

虽然，妹妹觉得这样换来换去很好玩，有点像那个“Music Chair”的游戏。但让她最最激动的时刻，却是年初六。

过了初五，应该拜访的客人都已经拜访了，应该“回送”的礼也都回送了。这时，家里往往还剩下一两件礼物，一盒蛋糕呀，一袋苹果呀，只有这些礼物，才是“自己可以吃的礼物”。

妹妹管这些礼物叫“Music Chair 礼物”，就像“Music Chair”里那个没有了座位多出来的人。

今年春节，家里收到了一份很不寻常的礼物。

这是一块很大的巧克力，比哥哥的书本还大些。厚厚的，包巧克力的是金色的道林纸，上面印着漂亮的黑字："奶油巧克力"。

妹妹从没见过这么昂贵的巧克力。平时，偶尔吃到一块豆腐干大的"香草巧克力"，已经乐疯了。所以，看着这块巨大的、金灿灿的"奶油巧克力"，妹妹的眼都直了。

"奶奶，这块巧克力一定比'香草巧克力'甜，对吗?"妹妹明知故问。

"一定很奶油。"哥哥也馋馋地说。

奶奶当然知道孩子们是在试探她，所以她要赶快把这扇门堵上。

"唔，我想它一定很好吃。这巧克力不但贵，一般的商店里还买不到。不过，这块巧克力要送给李阿姨，她生很重的病，需要营养。"

奶奶一边说，一边把巧克力放进一个纸袋，和其他礼物一起收了起来。

其实，奶奶不说，妹妹也知道，这么好的礼物，是不可能轮到做"Music Chair 礼物"的。可是，不知怎么的，整整一天，无论她和雪花"追线团"，还是和小朋友们"捉强盗"，那块巧克力都在她的脑子里转啊转，又大又重，金灿灿的。

第二天，奶奶、爸爸、妈妈都去拜年了，家里只剩下妹妹和哥哥。

妹妹在忙着“打弹子”的哥哥身边蹲下。

“哥哥，那块‘奶油巧克力’一定很香。”

“奶奶不会给我们吃的。”哥哥看也没看她，继续低头玩他的弹子。

“肯定不会的。不过，我们可以闻闻呀？”

哥哥握着弹子的手停住了。

“闻闻？那不算吃，对吧？”

于是，两个只想“闻闻”的馋孩子开始找巧克力。

他们打开碗橱和五斗橱——没有。

又用力把浴缸上的床顶起来（冬天，不经常洗澡，浴缸是个又凉快又安全的储藏室）——那里也没有。

哥哥站上凳子，看到大橱顶上有一个纸包。他踮起脚尖，慢慢地把纸包拖出来。就在纸包离开橱顶的瞬间，那块沉沉的巧克力从纸包开着的口里滑出来，摔在地上。

妹妹的呼吸停住了。她跪下，摸摸纸包里的巧克力，喃喃道：

“碎了哦……”

爸爸妈妈回来后，没有骂他们，也没有罚他们。奶奶默默地把摔碎的巧克力切成好多块，每天给他们一块。

“大人为什么没有骂我们，还给我们巧克力呢？”

以后的好几天，妹妹每拿到一小块巧克力，总会惊奇地问自己。大人反常的态度，让妹妹觉得不放心。她悄悄问哥哥，哥哥也摇摇头。

长大以后，妹妹好像有点明白了：也许，爸爸妈妈知道，因为嘴馋闯了祸，孩子们心里一定也很害怕；也许，奶奶有点心酸，她知道孩子们太想吃这块巧克力了，可家里没“预算”，所以他们才会偷着看看。

总之，他们什么都没有说。

当个大人也真不容易啊，长大了的妹妹这样想。

# 下雪了

下了一夜雪，整个世界变成了一片银白——阳台、房顶、树枝、垃圾桶、花坛、马路，到处铺了层厚厚的地毯，洁白，晶莹透亮。

一只黑色的乌鸦在阳台的栏杆上停了停，东张西望，好像在找可以取暖的地方。“忽”的一下，又飞走了，白雪上留下几个清晰的爪子印。

妹妹趴在窗台上，眼巴巴地看着外面白色的世界。

哥哥一早就被朋友们拉去打雪仗，妹妹要去，可哥哥说不能带一个“女兵”。

妹妹郁闷地想：“如果小米没有发哮喘，我们就可以自己去玩雪了。”

她用指甲刮着硬硬的冰花，发出刺耳的“咕吱咕吱”声。

小米有哮喘病，发起来很难受，斜靠着一摞枕头，张着嘴，艰难地喘气。

妹妹第一次看到时，吓了一跳。她怯怯地问："疼吗？"

小米点点头，有点委屈，还有一丁点儿炫耀。

妹妹歪着头想了想，说："不要紧。"

她拿起小米的小手，低下头，在她的手背上吹了口气。

"好了，现在不疼了。"

她自信、疼爱的口气，和妈妈替她吹气时一模一样。

虽然妹妹只比小米大几个月，她总像个姐姐似的，保护着长得像"米粒"一样弱小的小米。

有一天，小米拿着一个漂亮的纸叠的仙鹤在门口玩。邻居男孩看见了，便抢了去。小米追着他要，男孩恼火了，一下把仙鹤撕了，摔在地上。

妹妹来到时，小米坐在地上"呜呜"地哭，那个男孩没事儿似的，在一旁和其他小朋友玩。

妹妹走过去拉住男孩的袖子，说："你把仙鹤撕坏了，你赔。"

男孩用力一扯，抽回袖子。

妹妹跨上一步，双手拉住他的胳膊。

那个男孩比妹妹高一个头，他弯腰凑近妹妹的脸，凶巴巴地说：

“关你什么事？走开走开。”

“赔小米的仙鹤！”妹妹大声说，“不赔我就一直跟着你！”

男孩一下子怔住了，不知该把妹妹怎么办。愣了一会儿，他自找台阶地嘟囔了一句：

“稀奇什么，一个破纸仙鹤？明天给她折一个就是了。”

妹妹待小米好，小米待妹妹也好。

妹妹喜欢收集糖纸。

那时候，好的糖果很稀罕，过年过节或者结婚生孩子才能吃到。所以，妹妹在马路上看到一张漂亮的糖纸就像拾到了宝贝，洗干净贴在窗上，干了后揭下，像熨过一样平整。这些五颜六色、各种花样的糖纸被一张张小心地夹在书里，积少成多，成了妹妹的宝贝收藏。

小米很想帮妹妹收集糖纸。她外婆家旁边有个食品店，小米有时就站在食品店的糖果柜台旁等着，一看到有人吃完糖把糖纸扔了，便“踏踏踏”跑过去为妹妹拾。

去年春节，小米的阿姨送来一包糖果，每颗糖都是玻璃纸包的。

玻璃纸包的糖最高级，玻璃纸压平后，放在手心上，一会儿会卷成一个筒状，是收藏家的“珍品”。

小米知道妹妹最喜欢玻璃糖纸了，便偷偷把一包糖一颗颗都剥了，玻璃纸拿来给妹妹。当小米妈妈发现时，糖都化了，粘成一个大疙瘩。

……

空中又开始飘起雪花，很轻，很柔，像春天的柳絮。

妹妹想起去年下第一场雪，也是这样的天气。

她和小米偷偷溜去附近的西康公园，公园里一个人也没有。她们挽着胳膊，在白色的地毯上走着，听脚底发出很响的“咯吱咯吱”的声音；她们围着石头假山追来追去，还使劲摇着树干，让树枝上的雪落了一身。

后来，她俩在假山旁堆了一个胖胖的雪人，可是她们做好了雪人头，把它放到雪人身上时，那个硕大的头却滚了下来，妹妹和小米笑得滚抱在雪地上……

妹妹的眼睛一亮。

“小米生病，不能出来堆雪人，可是，我可以堆个雪人，送到她家去呀?”

妹妹跳起来，拿了一个脸盆就冲到阳台上。

外面很冷。风像是长了刃，刮在脸上刺疼刺疼。妹妹跪下，用双手一捧一捧地把雪抄进脸盆。她的手套一会儿就湿了，小手冻得通红，一会儿，变麻木了。可是，妹妹一点儿也不在乎。想到小米看到雪人时高兴的样子，妹妹兴奋得脸微微发热。

雪人很小，一个圆圆的头，坐在胖胖的身体上。妹妹

找来好几个纽扣——黑的做眼睛和鼻子，红的做嘴巴。妹妹对着雪人左看右看，决定给她围上条红围巾，再给她带个小红帽，帽子下拖出两条小辫子。

“嗯，这个雪人看上去有一点点像小米。”妹妹满意地说。

她举起脸盆，对雪人说：“我们现在去小米家了。”

雪地很难走，走一步留下一个坑。

妹妹喘着粗气，走一段，放下盆，歇一歇，再抱起继续走。

脸盆里的雪人看着她，红红的嘴微笑着。

妹妹想，下完雪，春天就会来了。

这么一想，她的心情越发好了。春天来的时候，小米不生病了，她和小米可以怎样去玩呢？还有夏天哦！还有……

她忽然想起妈妈说过，“这样一季一季过去，你们就慢慢长大了。”

妹妹觉得长大真是很开心的事，那时她可以和哥哥、小米，还有其他小朋友一块儿做大人不让他们做的事了。

她转身看看身后歪歪斜斜的两行小小的脚印，没有来由地“咯咯”笑了一声，回过身，又向前走去。

点点雪花慢慢悠悠地在她身边飞舞。

雪好像越下越大了。

# 后　记

2004 年 1 月，我去美国旧金山附近一所中学演讲。

这是个好学区，坐落在离硅谷很近的“三角谷”(Tri-Valley)，居民多为白人，平均家庭年收入 12 万美元以上，平均房价 80 万美元以上，孩子们养尊处优，要什么有什么。

吃午饭时，我照例和同桌的老师们聊着天。一个心理咨询女老师走过来，抱歉地说，她忙昏了头，所以没来听我的演讲。

“这个星期我们学校有六个女孩割腕自杀。”她说。

我脸上的表情一定够吃惊，她赶忙加了一句：

“不是刚过了圣诞嘛，节日里家庭事变特别多，孩子受不了。有一个女孩，离婚的父亲节日里没有来看她；还有一个女孩，爸爸妈妈决定离婚了……”

六个女生割腕？

一星期内?

看着食堂里金发披肩、浑身洋溢着青春活力的姑娘们正排队买午餐，我哑口无言。

今天的中国，正用力伸开双臂不顾一切地往前飞奔，追逐发达国家的先进，追求“最大的”“最高的”“最快的”“最多的”“最牛的”……

在网上看见一篇打油诗:《等咱有了钱》，摘录其中两段:

等咱有了钱，车子随便买。
想买宝马就宝马，想买奔驰就奔驰。
司机请两个，开车一个，擦车一个。

等咱有了钱，去恒隆买包。
想买LV就LV，想买Chanel就Chanel。
每款买两个，自己用一个，上坟给外婆烧一个。

我苦笑了。

这本书的故事是一个小女孩刚刚开始长大的故事。很普通，但很暖心，因为这也是“一家人”“一群人”的故事——一家人相亲相爱、一群人相扶相助。因为相亲相爱、相扶相助，不易的生活就有了阳光，有了欢笑，才感觉幸福。

我想，我们那个时代的人，一定多多少少能在书里找到自己的影子。或许，我们的子女，甚至第三代，会有兴趣从书里了解一些他们的爷爷奶奶、外婆外公、父亲母亲小时候喜欢什么，讨厌什么，怎样玩耍，如何生活……总之，了解一下他们是怎样长大的。

如能做到这样，我就很开心了。

能顺利地在国内出版这本书，对我是一个惊喜。一来，因为此书没有令人屏息的情节或吸引眼球的内容，自知销售不易；二来出国三十多年，从没用中文写过东西，文笔很生涩。所以，对文汇出版社给了我这个机会，真的非常感激。

在出这本书的过程中，想感谢的朋友很多：

妹夫徐孟平和发小李晓丹和我聊童年，让我记起很多忘了的往事；老同学陈友放和老友薛维春的反馈给我再接再厉的动力；好友郭顺连书名都参谋上了；沈杨老师在万忙中帮我修改语法；查国钧叔叔替我找插画家；Larry Walker 替我把合同关；其他老朋友，有老有少，如宋城、宋晓城、孙毅、沈启明、吴承庆、周幼梅、吴士庆、邹大为都为此书替我热心张罗……我感激之情溢于言表。

当然，还有我的父亲母亲，两位最忠实的读者和永远的支持者。

我也很感谢插图画家 Catherine Huang。虽然还在美国东岸的艺术学院念书，她挤出时间帮我画插图，而且不厌其烦地根据我的建议做修改，真是很不容易。最令我高兴的是，她把妹妹的个性表现得如此生动。她今后一定能成为一位出色的艺术家。

另外，我要特别感谢两个人。

一位是上海的朋友徐晓蔚。他和夫人来美国旅游，吃饭时我说起正在写本关于童年的书，他说“让我看看”。完稿后，我忐忑不安地把作品传给他。若干天之后，收到了他的邮件。

“……从昨晚开始看你的大作，现在看完了第一章《春》。我忍不住先要打几行字给你，要告诉你：此书非常棒，我很爱看！那么细腻生动传神，虽是写‘妹妹’的童年生活，却反映着时代和社会，描摹出风气和人品。她的读者可不限于少儿，还包括少儿的爸爸妈妈，甚至我这年纪的爷爷奶奶……”

晓蔚自己不知道，他这番话对我有多重要。没有他的鼓励和热情介绍，我不会有勇气把书送给出版社，说不定书稿至今还在计算机里存着呢。

另外一位是我在温哥华的好友林薇。从酝酿到成书，每一章每一节，都有林薇辛苦的陪伴和参与。我们一起回忆，一起笑，一起感动，好像又重新成了无忧无虑的“妹妹”。她的儿子 Larry Leng 还是这本书的第一个小读者。

他的喜恶或不解，都是我修改的方向。没有林薇的帮助，就不可能有现在这本书。

朋友说，我写的东西都是“淡淡的”，要静下心，细细地品，才能尝出其滋味。

是了，这符合我目前的心态。三十年中国，三十年美国，经历了苦难、艰辛、失意、成功……“入六”了，才越来越看清生活的真谛，珍惜那孩童般的纯真，向往淡然和博爱众生的胸怀。

愿我的读者能和我一块儿静下心，再体验一下我们逝去的童年和纯真。你会发现，生活，还是美好的。

2015 年 12 月于美国旧金山